옆에 앉아서 좀 울어도 돼요?

옆에 앉아서 좀

울어도 돼요?

구효서 장편소설

파드득나물밥과 도라지꽃

해냄

제목이 '요'로 끝나는 소설을 쓰고 싶었다. 하여튼 순해 보일 것 같아서.

열 권 정도 쓰고 싶었다. 요요거리며 자꾸 나올 것 같아서.

계속 이어 쓸 수 있다면 요요소설이라고 해야겠다. 마침 그런 한자도 있으니까. 樂樂.

어쨌거나 특별시나 광역시 같은 큰 도시는 이야기에서 빼기로 했다. 어수선해질 것 같아서.

한갓진 곳에는 꼭 맛있는 것과 예쁜 것이 숨어 있기 마련이어서 음식과 꽃 이름을 부제로 달기로 했다.

모쪼록 요요하시길.

2021. 5

구 효 서

차례

• 일러두기

본 작품은 작가의 두 단편소설 「도라지꽃 누님」, 「저녁이 아름다운 집」을 씨앗으로 하여 오랫동안 발아시킨 장편소설이다. 인물들을 새롭게 창조하고 이야기 세계를 더 넓고 깊게 확장하여, 오늘의 독자들에게 소소한 일상 속에 불쑥 끼어드는 인생의 사연들을 조금은 천천히 들려주고자 한다.

유리
여섯 살 될락 말락 한 다섯 살

몇 살이냐고 물으면 유리는 까르륵 웃었다. 아직 여섯 살이 아닌데 유리는 여섯 살이라고 대답하고 싶어 했다.

유리는 11월에 태어났다. 두 달 뒤면 정말 만 여섯 살이 되는 거였다.

"여섯 살이 될락 말락 하잖아요. 될락 말락. 그게 막 간지러워요."

유리는 웃으며 말했다.

"여섯 살이 되고 싶은 거구나?"

서령 씨가 처음 물었을 때,

"네, 아뇨."

라고 유리는 대답했다. 6개월도 더 전이었던가. 그때도 유리는 이미 '될락 말락'이라고 말했었다.

그보다 훨씬 전부터 서령 씨는 유리가 살고 있는 숙박업소의 단골이었다.

"여섯 살이 되고 싶은 걸까? 안 되고 싶은 걸까?"

서령 씨가 다시 물었고,

"다섯 살한테 미안해서요."

라고 유리가 말했다.

"그러니까 여섯 살이 되고픈 거구나?"

"여섯 살한테도 미안해요."

"어째서?"

"아직 여섯 살이 아닌데 여섯 살이라고 하면요. 그게 미안한 거 잖아요."

"그래서 대답이 네, 아뇨라고 하는 거니?"

"여섯 살 될락 말락도 간지럽고, 네 아뇨도 간지럽고, 간지러우면 웃음이 나오고……."

말하고는 또 까르륵 웃었다.

"여섯 살이라고 말하고 싶어질 때 막 간지러워진다는 거구나?"

"맞아요."

유리의 생일은 11월 10일이었다.

§

유리는 오베르주 애비로드에 살았다. 오베르주는 Auberge. 숙박 시설을 갖춘 레스토랑을 프랑스 말로 그렇게 부른다는데, 아무려나 유리의 엄마 난주 씨의 주장이 그랬다.

애비로드는 Abbey Road. 비틀스의 정규 음반. 레스토랑은 커피 향과 비틀스의 음반으로 가득했고, 한쪽 벽에는 비틀스가 런던의 실제 애비로드 횡단보도를 줄지어 건너는 커다란 사진(어쩌면 길을 건너는 네 사람의 다리 각도가 저리도 같을까 싶은)이 걸려 있었다.

유리 엄마 난주 씨가 오베르주 애비로드의 주인이었다. 프랑스 말과 영국 도로명이 그럭저럭 어울리는 것은 아마도 프랑스어도 영어도 아닌 한국어의 효과 같았다. ㅇㅂㄹㅈ와 ㅇㅂㄹㄷ.

한국어 효과라고 말한 사람은 오베르주 애비로드의 단골인 이류라는 남자였다. 아나운서라고 하기에는 좀 뭣한 아나운서 이류. 서령 씨의 남편이었다.

어쨌든 런던의 길 이름을 딴 프랑스식 레스토랑이 한국의 산 속에 콕 박혀 있는 셈이었는데, 그것이 오베르주 애비로드였다.

평창군 방림면 계촌리 2383. 앞에도 산 뒤에도 산이었다.

100미터 앞에 왕복 2차선 지방도로가 있으나 가로수에 가려져 조금만 보였다. 나무가 많아 숲의 공기는 언제나 싱그러웠다. 난주 씨의 오랜 두통과 기침도 애비로드에서 말끔하게 나았다.

경치는 말할 것도 없었다. 매일 보는 풍경인데도 난주 씨는 아침마다 놀라 탄성을 질렀다.

유리는 엄마가 지르는 소리에 놀라 아침잠에서 깼다. 난주 씨는 있는 힘껏 소리를 지르며 찬탄의 말을 한껏 뿌려놓고 마지막엔 "아, 말도 안 돼"라며 고개를 절레절레 저었다. 할 말 다했으면서. 너무 많이 했으면서.

가까운 곳에 컨트리클럽과 스키 리조트가 있었으나 애비로드의 손님들은 골프도 치지 않았고 스키도 타지 않았다. 마냥 애비로드에 묵다 가곤 했다. 유리와 함께 진귀한 풀과 꽃을 찾으며 놀았다. 문을 활짝 활짝 열어놓고 난주 씨가 만든 음식을 오래오래 먹으며 이야기꽃을 피웠다.

오베르주가 '숙박 시설을 갖춘 레스토랑'이라고 해서 그런가 보다 하지만 애비로드는 그냥 숙박 시설이었다. 굳이 말하자면 '무지 소박한 식당을 갖춘 숙박 시설.' 굳이 조금 더 말하자면 작고 예쁜 숙박 시설. 객실 세 개가 전부인.

프랑스어 사전에는 오베르주(오베허주로 표기하는 게 맞을까?)

가 여인숙, 주막, 객줏집으로 풀이돼 있었다. 그러니 어쩌면 무지 소박한 애비로드가 진짜 오베르주일지도.

결론적으로 말해 애비로드는 '프랑스식 레스토랑'이 아닌 것인데 난주 씨가 그렇다고 하니 그런가 보다 하는 것이다.

애비로드에서는 프랑스 요리나 음식을 맛볼 수 없다. 호박고지, 시래기무침, 돼지고기활활두루치기, 곰취막뜯어먹은닭찜 같은 것이 있을 뿐이었다.

음식이 너무 맛있어서 객줏집이라는 이름과는 어딘지 좀 어울리지 않는다, 그러니 유리 어머니의 바람대로 레스토랑이라 해주자.

레스토랑이라고 해도 아마 애비로드에 한 번이라도 들렀던 사람이라면 아무도 반대하지 않을 것이다.

그런 애비로드가 유리에겐 집이었다. 아빠는 없었다.

§

처음 보는 사람들이 유리에게 몇 살이냐고 묻는 까닭이 있었다. 도무지 나이에 맞지 않는 기억을 유리가 갖고 있기 때문이었다.

"정말 그게 다 네 얘기라고?"

서령 씨도 그렇게 물었었다. 서령 씨는 살짝 덜렁거리는 편이었다. 그러지 않으면 좀 덜 귀여웠다.

"그렇겠죠?"

유리는 시무룩 대답했다. 사람들이 믿어주지는 않으면서 자꾸 물으니 유리로서는 그다지 신날 일이 아니었다.

"네가 겪은?"

"머릿속에 있는걸요."

"네가 몇 살인데?"

라는 질문을 받고서야 유리는 마침내 까르륵 웃었다. 아직 여섯 살이 아닌데 여섯 살이라고 대답하고 싶기 때문이었다. 그래야 막 간지럽고, 간지러우면 좋다고 했다. 될락 말락 하는 것이.

유리의 기억이라는 것은 좀 밑도 끝도 없는 거였다. 서령 씨가 유리한테서 처음 들었던 이야기도 그런 거였다.

"처음 소개팅 한 날이었어요."

유리는 그렇게 말을 시작했다.

"그 사람과 스파게티 먹고 아포가토를 마시며 얘기했어요."

"남자와? 소개팅 한 남자와 이탈리안 레스토랑 그런 데서?"

달려들듯 서령 씨가 물었고 유리는 잠시 침묵했다.

"미안해. 안 끊을게. 그래서?"

"함께 시립 미술관에 가려고 지하철역으로 걸었어요. 덕수궁 옆에 있는 미술관에 갈 거였어요. 열일곱 정거장이나 걸리는 거리였어요. 지하철 에스컬레이터를 탔는데……."

"그랬는데?"

서령 씨가 끼어들었고 유리가 서령 씨를 말끄러미 올려다보았다.

"아, 미안해. 다, 다신 안 끊을게."

"끊은 게 아니니 걱정하지 마셔요."

유리는 말을 계속 이어갔다.

"지하철 에스컬레이터가 좁은 거였어요. 두 사람 나란히 타는 거 말고요. 한 사람씩 타는 거요. 좁은 거. 그래서 제가 앞에 타고 그 사람이 뒤에 탔어요. 에스컬레이터가 내려갔어요. 제 앞에는 아무도 없었어요. 그래서 걸어 내려갔어요. 저는 에스컬레이터를 그렇게 타요. 사람 없으면 걸어요. 올라갈 때나 내려갈 때나. 그게 좀 그런가요?"

"나……한테 묻는 거니?"

유리가 고개를 끄덕였다.

"에스컬레이터에서 걷는 거? 이상한 거냐고?"

유리가 고개를 끄덕였다.

"아니. 나도 걷는걸. 그런 사람들 많잖아. 걸으면 안 된다고 하는 사람도 있긴 있지만, 뭐, 이상하다고까지는 생각하지 않아. 걷는 게."

"그렇게 걸어서 끝까지 내려갔어요. 그리고 뒤를 돌아보았어요."

"그랬구나. 그랬겠지."

"뒤가 좀 허전하다는 느낌이 들었으니까요."

"그랬구나."

"그 사람이 저만큼 위에 있는 거예요. 저를 따라 걸어 내려오지 않고 저만치에. 걷지 않은 거예요. 에스컬레이터 속도로 천천히 내려오고 있었어요."

"그랬구나."

"걸어서는 안 된다고 생각하는 사람이었던가 봐요. 그 사람이 다 내려올 때까지 기다렸어요. 그래야 하잖아요. 아주 되게 오래 걸린다는 느낌이었어요. 에스컬레이터에서는 걸으면 안 된다고 평소 생각했더라도 이런 날은 나를 위해 좀 걸을 수는 없었을까 생각하고 생각했어요. 생각하고 생각했는데도 그 사람은 천천히 내려오는 중이었어요. 에스컬레이터 속도로요. 뒤도 안 돌아보고 혼자 퉁퉁퉁퉁 걸어 내려간 나를 저 사람은 어떻게 생각할까 생각하고 생각했어요. 생각하고 생각했는데도 그 사람은 에스컬레이터 속도로 내려오는 중이었어요. 끝날 것 같지 않았어요. 하루가 끝나도 에스컬레이터 아래서 그 사람 기다리는 일은 안 끝날 것 같았어요. 저 사람이 다 내려오면 계획했던 대로 시립 미술관으로 함께 가야 할지 나 혼자 다른 데로 가버려야 할지, 생각하고 생각했어요. 생각하고 생각해도 그 사람은 저만치 위에 있는 거예요. 저만치에.”

유리의 이야기가 멈추었다.

“그래서?”

서령 씨가 눈을 반짝이며 물었고,

“끝이에요.”

유리가 대답했다.

“시립 미술관에는?”

“몰라요.”

“이 얘긴 그럼 여기서 아주 끝인 거야?”

“네.”

“아주?”

“네.”

“그렇구나. 아주 끝.”

그런 식이었다. 밑도 끝도 없는 시작과 끝.

그렇기는 하지만 아포가토라든가 ‘시립 미술관까지 열일곱 정
거장’처럼 유리의 이야기에는 구체적인 데가 있었다. 유리의 말을
듣다 보면 유리가 어른 유령인 것 같았다.

§

어른의 느낌인 것은 분명하나, 어디까지나 유리의 이야기 속에서 유리가 어른으로 등장할 때만 그랬다. 평소에는 영락없는 여섯 살 될락 말락 한 다섯 살 어린아이였다.

브루스가 애비로드에 나타나기 전까지는.

브루스는 브루스 로우(Bruce Rowe)였다. 89세의 미국인 남자. 흰머리는 언제나 늦가을 억새꽃처럼 헝클어져 있었으나(서령 씨 남편 이륙 씨의 표현대로라면 미원처럼 빛이 나서) 조금도 지저분해 보이지 않았다. 브루스는 자신보다 무려 서른다섯 살 연하인 아내와 함께 애비로드에 나타났다.

이륙 씨는 그를 '미스터 로우'라고 불러야 한다고 했다. 그러나 브루스는 '브루스'로 불러줄 것을 당부했다. 고집했다. 허물없이 이름을 부르기에는 브루스의 나이가 너무 많고 인상이 고약했다.

웃지도 않았고 눈은 구멍처럼 움푹했고 몸이 지나치게 가는 데다 키만 커서 작대기 도깨비 같았다. 방바닥에 앉지 못했다. 의자가 아니면 언제까지고 서 있는 사람이었다.

창백한 피부 때문에 사람이 더 차가워 보였다. 그래서 이륙 씨도 얼른 브루스라 부르기가 좀 뭣했을 것이다. 브루스라 불러달라는 그의 요구도 친하게 지내자는 의미보다는 자기 뜻대로 하고야 말겠다는 고집처럼 보였으니까. 누구도 선뜻 그를 브루스라고 부르지 못했다.

"그럼 브루스로 해요."

유리가 나서서 잘라 말했다. 그리고 브루스에게 물었다.

"괜찮죠?"

유리의 말을 브루스의 아내가 통역했다. 아내의 출신국은 한국이었다.

브루스는 자신의 오른손 주먹을 유리의 얼굴 앞으로 느리게 들어 올렸다. 그리고 엄지를 척 펼쳤다.

유리는 고개를 끄덕였다.

그때부터 브루스는 브루스가 되었고 유리는 어쩐지 어른이 되었다. 브루스에게만 그랬다. 다른 사람들은 여전히 브루스를 좀 무서워했으나 유리는 스스럼없었다. 브루스가 유리를 잘 따랐다. 그럴수록 유리는 더 브루스의 누나가 되어가는 것 같았다.

둘은 말이 통할 리 없었다. 브루스의 아내가 일일이 통역해 줄 수 없었다. 통역할 필요도 없었다. 브루스는 유리의 말을 다 알아듣는 것 같았고 유리도 브루스의 말을 다 알아듣는 것 같았다.

브루스는 영어로 말했고 유리는 한국어로 말했다. 유리의 한국어는 반말이었다. 이 또한 브루스에게만 그랬다. 브루스, 이것 좀 봐! 이걸 왜솜다리꽃이라고 해, 알겠어? 라고 유리는 말했다.

아무려나 상관없었다. 브루스와 유리를 언제나 흐뭇하게 바라
보는 것은 브루스의 아내였다.

그녀의 이름은 정자였다. 박정자.

정자
한국이라니, 고마워요

"유리 말인데, 어떨 때 웃지 않고 어떨 때 웃는 거지, 중자?"

브루스는 정자를 중자라고 불렀다.

유리는 애비로드 식당 밖 비탈 풀숲에 쪼그려 앉아 별나팔꽃을 찾으며 노래했다. 아이가 부르기에는 어딘가 안 어울리는, 장식적 선율이 많은 노래였다. 별나팔꽃은 작은 보랏빛 도라지꽃 같았다.

난주 씨는 우엉을 구하러 지프를 몰고 장터에 갔고 애비로드 식당에는 정자와 브루스뿐이었다. 문을 활짝 열어놓은 채 두 사람은 9월의 쓰르라미 소리를 들었다.

"남의 기억 같은 자기 기억을 말할 때. 그럴 때는 웃지 않고, '될락 말락' 할 때는 소리 내어 웃고 그래, 브루스."

"다랄 마락? 거글 버블?"

브루스가 되물었다.

"될-락 말-락이라니까."

"플-랩 플-럽?"

"될-락 말-락."

정자는 '될락 말락'을 고집스레 한국어로 말했다.

"어째서 그 말은 영어로 하지 않지, 중자?"

"미국에서 말 때문에 서러웠던 게 생각나니까. 브루스도 좀 고생해 봐. 랄라라, 여긴 한국이야, 한국."

정자가 만세 부르듯 두 팔을 들어 올리며 얄밉게 웃었다.

"수프가 거글 버블 끓을 때? 눈이 플랩 플럽 내릴 때? 그럴 때 유리가 웃는 건가?"

"될-락 말-락 할 때, 될-락 말-락."

"다-랄 마-락?"

"무언가 막 되려는 찰나. 하지만 아직 안 된 순간. 될 것 같기도 하고 안 될 것 같기도 한, '될락 말락' 숨 막히는 순간. 유리는 그 순간이 견딜 수 없이 간지러운 거야, 브루스. 그래서 까르륵 웃어 버려."

"수프가 막 끓으려 하지만 아직은 안 끓는 순간? 눈이 곧 올 것 같으면서 아직은 안 오는 순간?"

"그렇지, 브루스. 수프가 '끓-을-락 말-락.' 눈이 '올-락 말-락.'"

"어려워, 중자. 안 따라할래."

"올리비아한테서 전화가 '올-락 말-락.'"

"그건 알겠어, 중자. 리비의 전화가 올 것 같으면서도 안 오는 것."

올리비아는 브루스의 첫째 딸이었다. 새어머니인 정자보다 다섯 살 많은 늙은 딸. 정자는 그녀를 올리비아라고 불렀고 브루스는 리비라고 불렀다. 둘째 딸은 이사벨라. 브루스가 부르는 애칭은 벨라. 쉰네 살. 정자와 동갑내기였다.

§

"유리를 보면 후회가 돼, 중자."

한참 끊겼던 쓰르라미 소리가 다시 이어졌다. 쓰르라미가 한꺼번에 울면 풀숲의 유리 노랫소리가 들리지 않았다.

"유리를 보면? 왜?"

"유리가 몹시 예쁘고 귀여워. 리비와 벨라가 유리만 했을 때 나는 그 애들이 예쁘고 귀엽다는 생각조차 못 했어. 나는 필요 이상으로 우울하고 무책임한 아빠였으니까."

"오, 브루스. 오래전 일이야."

"그렇긴 하지만."

"리비와 벨라는 엄마 없이도 잘 자랐어. 게다가 당신을 이해하고도 남을 만큼……이제 그들도 늙었잖아."

정자가 살짝 소리 내어 웃었다. 그녀의 웃음소리도 9월의 맹렬한 쓰르라미 소리에 곧 묻혔다.

"중자, 당신 덕이지. 당신이 아이들의 좋은 친구가 돼주었어."

"딸이 나보다 언니였어. 나도 외로웠는데 언니 딸과 동갑내기 딸이 생겨서 좋았어. 정말 그랬어."

"고마워요, 중자."

"이제 좀 당신도 웃어. 애비로드 사람들이 당신 무서워하잖아. 당신이 말을 나누는 사람은 나와 유리뿐이야. 난주 씨, 서령 씨, 이류 씨와도 말 좀 해. 이웃들하고도. 당신 귀엽게 변한 거 몰라? 이제 딱딱한 사람이 아니라는 걸 사람들한테도 보여줘."

"내 우울은, 여보. 오래되었어. 미안해. 아이들이 태어나기 전부터였어."

쓰르라미가 잠깐 멈추자 유리 특유의 멜리스마 가락이 바람을 타고 들려왔다.

"알아요. 하지만 아이들 엄마와 맞지 않은 건 당신 탓도 아이들 엄마 탓도 아니야. 사람 사이의 관계라는 건 알 수 없는 것투성이잖아. 봐요. 딸보다 어린 여자와 함께 살 줄 당신, 알았어요?"

"아이들 엄마를 만나기도 전이었어, 내 우울은."

"언제였든 중요하지 않아. 더는 안 우울하면 되잖아. 그럴 수 있어. 이제 나하고는 기쁘게 말하잖아. 나를 대하듯 유리를 대하듯 사람들을 대해요. 난 당신이 그럴 수 있다고 생각해. 애비로드에 와서 매운 음식을 힘차게 먹는 걸 보면서 더욱 믿게 되었어. 그럴 수 있을 거라고. 한국에 함께 와줘서 고마워요, 브루스."

"중자가 한국에 가자고 할 때마다 나는 들은 척도 안 했는걸."

"어쨌든 이번에는 당신이 먼저 가자고 했고 이렇게 왔잖아요, 한국에. 그러니 된 거야. 당신이 좋아하는 강원도에 오게 돼서 더 좋아."

"그래. 강원도……. 하지만 역시 미안해. 이제야 오게 돼서."

"자자, 브루스. 우린 한국에 왔고, 강원도에 왔고, 이곳 평창의 애비로드에 와 있는 거예요. 우연히 들른 숙소이긴 하지만 당신한테는 한국 복이 있나 봐. 너무 좋은 곳이잖아, 여기."

브루스는 창 바깥쪽으로 고개를 돌렸다.

거기엔 강원도의 9월이 있었다. 9월도 이미 반이 지났는데 단풍나무와 살구나무 잎은 한여름처럼 짙고 푸르렀다. 바람에 나부끼는 이파리들 사이로 오후의 햇살이 마구 떨어져 내렸다.

브루스는 천천히 고개를 끄덕였다. 무언가에 대답하듯 그는 고개를 주억거렸다. 햇빛과 바람과 한국의 푸른 9월에 보내는 무언의 응대. 정자는 창밖 하늘과 브루스의 얼굴을 번갈아 바라보았다. 끄덕이는 이유를 묻지 않았다.

§

한국에 가자고 브루스가 말했을 때도 정자는 그에게 아무것도 묻지 않았다. 브라보! 크게 외치고 그에게 다가가 늙고 가는 허리를 휘청거리도록 끌어안았다. 한국이라니, 고마워요, 라고 말했을 뿐이다.

브루스의 간에 심각한 병증이 진행 중이라는 진단을 받았을 때 의사의 말이 무엇을 뜻하는지 정자도 브루스도 금방 알아차렸다. 지금 브루스가 그러고 있는 것처럼 친구인 의사는 말없이 고개를 끄덕였고 브루스도 정자도 입을 꾹 다문 채 고개를 끄덕였다. 신앙 공동체 안에서 믿음의 형제들끼리 나누는 근엄한 의식 같았다.

암도 아니라는데 뭘. 그날 저녁을 먹고 나서 브루스가 말했다. 우리 한국 갈까?

어떤 치료도 마다하고 어디 멀리 떠나고 싶은 늙은 환자의 마음을 정자가 모를 리 없었다. 암은 아니었으나 회복 불능 타입의 간경변증(liver cirrhosis)이었다.

그가 가고 싶은 곳이 한국이라는 것도 크게 놀랄 일이 아니었다. 그동안 한 번도 아내의 나라에 가지 않았던 것을 그는 사과했다.

강원도에 가고 싶다고 브루스가 말했을 때도 정자는 그의 입에서 나온 구체적인 지명에 놀랐을 뿐 어째서 그곳에 가려 하는지 묻지 않았다. 지난겨울에 열렸던 평창동계올림픽의 영향일 수도 있겠다고 생각했다. 어쨌거나 서울이든 강원도든 충청도든 정자에게는 어디나 다 한국이었다.

브루스는 지도를 짚으며 여기, 여기, 라고 했고 정자는 그가 짚는 손가락 끝을 따라가며 음, 음, 대답했다.

그렇게 평창에 다다랐다. 숙소를 검색한 것은 평창에 도착해서였다.

"여긴 어떨까? 이름이 애비로드야."

브루스가 여행안내 지도에서 숲속의 한 숙소를 가리켰을 때, 정자는 처음으로 물었다.

"이름이 어떻다는 건데?"

"숙소들 이름이 모호한 것들뿐인데, 한 번에 알겠는 이름이라서."

"한 번에?"

"그렇잖아. 애비로드."

"그뿐?"

"그뿐."

"오케이. 그럼 여기."

그렇게 해서 묵게 된 곳이 애비로드였는데 첫 끼니에서 정자와 브루스는 난주 씨의 음식에 반해버리고 말았다. 여행 운이 단단히 있는 거라고, 한국 복이 넘치는 거라고 정자는 브루스에게 말했다. 그리고 운과 복이라는 것에 대해 그날 밤 그에게 오래오래 설명했다.

§

애비로드 방문 첫날, 정자가 난주 씨에게서 들었던 첫마디는 '아……저……'였다. 어서 오세요라든가 잘 오셨습니다가 아니었다.

스테인드글라스로 장식된 애비로드의 현관이 열리고 셰프용 검은 앞치마에 바부슈 차림의 난주 씨가 나타났다. 정자와 그다지 나이 차이가 날 것 같지 않은 그녀의 어깨 너머로 주방 시설이 보였다. 현관에서 곧장 이어지는 첫 공간이 주방이라니.

"좀 묵어갈 수……."

정자의 말이 끝나기도 전에 난주 씨의 입에서

"아……저…….."

의미 모를 탄성이 새어나왔다.

"방이……없나요?"

"돼지고기활활두루치기입니다."

난주 씨가 대답했다.

"네?"

"돼지고기활활두루치기입니다."

정자는 뭐라고 다시 물어야 할지 알 수 없었다. 정자와 브루스
는 멍하니 서 있었다.

"아, 죄송합니다. 아, 죄송해요."

정신을 차린 난주 씨가 서둘러 사과했다. 그리고 말했다.

"오늘 저녁 메뉴가 돼지고기활활두루치기거든요."

정자는 여전히 뭐라고 되물어야 할지 몰랐다. 빈방을 물었는데
돼지고기 어쩌구라니.

"매울 거예요. 외국 분은 처음이라……. 정말 맵거든요."

"그거 못 먹으면……방도 안 빌려주신다는 말씀인가요?"

"그럴 리가요. 방은 있습니다."

"브루스. 오늘 저녁 메뉴가 아주 매운 음식인데 못 먹으면 묵을
수 없대."

정자가 통역했다.

"열심히 도전해 볼게."

브루스가 슬픈 얼굴로 대답했다.

"기대가 된답니다."

정자가 난주 씨에게 통역했다.

그리고 그날 저녁 정자와 브루스는 오베르주 애비로드의 식탁에서 돼지고기활활두루치기라는 것을 먹었다.

§

음식이 만들어지는 동안 정자는 요리에 몰입하는 난주 씨의 뒷모습을 바라보았다.

화약이라도 뿌린 듯 가끔 커다란 불기둥이 조리대의 후드를 향해 치솟았다. 말 그대로 활활. 그럴 때마다 난주 씨의 실루엣이 더 선명해졌다.

음식을 만들기 위해 태어난 몸이라는 생각이 들었다. 아니면 열심히 음식을 만들어서 체형이 그런 식으로 잡혀버린 건지도 모른다고 정자는 생각했다. 뚱뚱하거나 날씬한 것과는 상관없었다.

그런 생각은 정자에게서 생겨난 게 아니었다. 정자의 바깥 어딘가에서 화살이 날아와 박히듯 그녀를 뚫고 들어왔다.

난주 씨는 살짝 키가 크고 마른 편이었다. 그러나 그녀의 몸에서 상상되는 것은 무거운 창을 한 손으로 휘두르는 『삼국지』 속의 어떤 인물이었다.

"『삼국지』 모르지?"

정자가 브루스에게 물었다.

"몰라. 산쿡치."

나에게만 난주 씨가 그렇게 보이는 걸까? 정자는 생각했다. 요리하는 여인의 뒷모습을 두고 너무 과한 상상을 한 것은 아닐까. 남을 훔쳐보면서 타고난 몸이라거나 체형이 그런 식으로 잡혀버렸다고 생각하다니! 『삼국지』라니! 함부로.

정자가 자책하고 있을 때 한 무더기 붉은 음식이 식탁 위에 턱 놓여졌다. 커다란 접시에 열 명이 먹어도 남을 양의 음식이 불처럼 이글거리고 물처럼 번들거렸다.

조리 기구에서 식기로 음식을 옮겨 담는 순간이랄지 음식이든 접시를 식탁에 내려놓는 기세에 난주 씨의 자신감이 낱낱이 실렸다.

그래서였을까. 그런 자신감에서 한 치도 물러서지 않겠다는 난주 씨의 부드럽고도 단호한 위엄이 정자의 눈에 오롯이 박혔다.

"이걸 못 먹으면 쫓겨난다는 말이지?"

슬픈 표정으로 브루스가 속삭였다.

"쫓겨나더라도 브루스, 먹고 쫓겨나자."

정자도 속삭였다.

두 사람은 돼지고기활활두루치기를 입에 가만가만 넣고 밥을 떠 넣었다. 조심스레 밥을 입에 넣고 돼지고기활활두루치기를 떠 넣었다. 돼지고기 다음 밥. 밥 다음 돼지고기. 계속 그렇게. 계속 계속. 젓가락으로 숟가락으로 포크로, 그것들을 번갈아서, 역시 조심해서, 입에 가져다 넣었다. 자칫하다가는 큰일이라도 날 것처럼.

그러나 멈추지 않았다.

"중자."

"응."

"말이지. 우리 쫓겨나지 않을 것 같아."

"내 말이."

"무지 맛있어. 무지."

"브루스. 맵지 않아?"

"죽을 것 같아."

"그래?"

"나 우는 것 좀 봐."

"그만 먹어 그러면."

"자꾸 먹게 돼."

"당신 치아도 안 좋은데."

"이거 아주 부드러워."

"이거 마약 돼지래."

"엑, 진짜?"

"누군가 애비로드 방명록에 써놓은 걸 봤어. 마약 돼지고기래."

"마이 갓."

브루스는 먹는 걸 멈추지 않았다. 정자도 마찬가지였다.

정자로서는 오랜만에 먹어보는 매운 음식이었다. 불의 세례를 받아 악마로 다시 태어나는 느낌이거나, 반대로 마성이 불타버려 하얀 재로 정화되는 기분이거나.

어쨌거나 멈출 수 없는 맛이었다. 타고난 몸, 틀 잡힌 체형 따위 버릇없는 생각에 빠졌던 자신을 스스로 용서할 만큼의 만용도 생겨났다.

모든 게 돼지고기활활두루치기 때문이야.

정자는 그렇게 생각했다. 그것을 만든 난주 씨 때문이라고. 조심했지만 큰일이 터지고 만 거였다. 큰 접시의 두루치기를 남김없이 먹어 치웠으니까.

§

"불맛이라는 거예요."

다음 날 난주 씨가 말했다.

"그랬어요. 정말 뜨거운 맛."

브루스가 말했다. 아침에 화장실에 다녀온 브루스는 정자의 귀에 대고 '똥구멍이 매워'라고 말했다. 난주 씨 앞에서는 시치미를 뗐다.

"진짜로 불맛이에요. 불에도 맛이 있어요. 정말. 저는 오전 오후 하루에 두 차례씩 불에다 혀를 갖다 대죠. 오전에는 5초간, 오후에는 6초간. 움직이지 않고. 혀를 불에서 떼지 않아요. 정말 불맛이 있고, 요리하는 사람은 불맛을 알아야 한다고 생각해요."

정자의 장난스러운 거짓 통역이었다. 브루스는 진지하게 들었다.

"누구에게나 불맛에 대한 기억이 있대요. 70만 년 전부터 뭔가를 불에 구워 먹었을 테니까요. 불은 위험한 데다 태운 고기는 몸에 좋지 않다고 해서 점점 더 불을 멀리하게 되었겠죠. 그래서 불맛과도 멀어졌겠고. 하지만 서양에서나 동양에서나 지금도 음식에 직접 불을 질러 요리를 하기도 해요. 70만 년을 건너뛰어 달려오는, 아련한 불맛에 대한 그리움 때문이겠죠."

이것이 난주 씨의 진짜 말이었다.

"첫날부터 굉장한 것을 먹었어요."

정자가 말했다.

"대단해요. 불맛 말고도 분명 뭔가 더 있어요. 이렇게 기분이 싹 달라진 걸 보면."

브루스가 말했다. 난주 씨가 듣고 웃었다.

"당신은 운이 좋아, 브루스. 한국 복이 있다니까."

정자가 브루스에게 말했다. 운과 복이라는 것에 관해 전날도 밤 깊도록 이야기했었다.

운과 복. 그것에 대해서라면 나름 알게 되었다고 생각했는지 브루스가 불쑥 말했다.

"세상에서 가장 사랑스러운 중자를 만났으니 정말 나는 한국 복이 있는 거지?"

정자가 브루스의 코를 비틀었다. 브루스가 아프다며 코맹맹이 소리로 말했었다.

"불맛을 제대로 보고 나서 말이야, 중자. 나 지금 정말 70만 년 전 구석기인이 되어 있어. 싹 변했다구, 진짜. 코 비틀지 마. 날 또 건드리면 콱 물어버릴지도 몰라."

한국에 오자고 했을 때부터 당신은 어딘가 변해 있었지. 더는 딱딱한 브루스가 아니었어. 부쩍 귀여워졌어. 정자는 속으로 생각했다. 간이 딱딱해지면 성격이 부드러워지는 걸까.

"비장탄 때문일 거예요."

이류이 말했다.

"그것이 무엇입니까?"

브루스가 물었다.

"졸가시나무로 만든 숯이요. 그 불에 닿으면 고기가 확실히 맛있어지죠."

이류의 말을 정자 씨가 통역했다. 이류의 중저음 목소리는 발음이 정확하고 달콤했다.

"졸……."

브루스가 우물거렸다.

"졸-가-시-나-무. 나무나 풀이라면 유리가 더 잘 알아요. 그렇
지, 유리?"

서령이 끼어들었다.

"졸가시나무. 밤나무처럼 크고 밤나무 꽃처럼 못생긴 꽃. 열매
는 엄마 젖꼭지처럼 예뻐, 아주."

유리가 말하고 정자 씨가 통역했다.

"그리고?"

서령이 유리에게 물었다.

"끝."

유리가 입을 다물었다.

"유리가 끝이라면 끝인 거예요. 아주."

서령이 선언하듯 말했다.

유리는 난주 씨가 준 오래된 작은 디지털카메라로 나무를 찍
고 풀을 찍고 꽃을 찍었다. 컴퓨터로 옮기고 사진 밑에 설명을 달
았다. 설명은 한 줄짜리에서부터 한 페이지짜리까지 있었다.

100쪽이 넘으면 프린트해서 끈으로 묶은 뒤 책장에 나란히 꽂
았다. 책의 이름을 '숲책'이라고 지었다. '숲책1', '숲책2'…….

틈날 때마다 유리는 그것들을 들여다보았다. 보고 또 보았다.
읽고 또 읽었다. 유리의 책장에는 '숲책4'까지 있었다.

"누구나 비장탄에 요리를 하면 맛있어질까요?"

정자 씨가 물었고,

"그럴 리가요."

서령이 얼른 대답했다.

"애비로드 음식이 맛있는 데는 다른 이유가 더 있는 거 같아요."

정자 씨가 말했다.

"비……그 숯 말고도 훨씬 많은, 시크릿한 이유들이 애비로드 음식을 맛있게 하는 거라고 생각해요."

브루스가 거들었다.

"맞아요. 맛의 비밀이 비장탄에만 있는 게 아니에요. 저이는 비장탄을 알아낸 것이 자랑스러운 것뿐이에요. 비장탄이라는 단어요. 사전을 찾고 뭔가를 잘 알아내요, 저 사람은. 사전 벌레 같은 사람."

서령이 이륙을 바라보며 말했다.

"어제도 모꼬지라는 말을 찾아냈어요. 우리가 애비로드에 이렇게 모이는 것도 모꼬지래요. 음식 맛이 비장탄 때문이라면 음식 못할 사람 있을까요. 난주 언니의 음식 맛은 아무도 흉내 내지 못해요. 난주 언니의 맛이니까요. 비장탄은 저 사람 사전 찾는 버릇에서 나온 것뿐이고요."

애비로드의 소박한 식당에 난주 씨와 유리, 브루스와 정자 씨, 그리고 서령과 이륙이 있었다.

난주 씨는 주방 창밖의 도라지꽃을 바라보았다. 도라지밭의 도라지꽃. 흰색 도라지꽃은 점차 시드는 중이었으나 보라색 도라지꽃은 8월처럼 생생했다. 작은 튤립 모양의 도라지꽃은, 비끼는 오후의 햇살을 받아 장식 전구처럼 빛났다.

유리는 앙증맞은 카메라 렌즈를 식당 밖 비탈 풀숲의 해국 쪽으로 향하며 '줌-인' 하고 혼자 중얼거렸다. 해국도 보라색. 브루스는 커피를 마셨고 정자 씨는 유리창에 와 닿은 복자기 나뭇가지를 우두커니 올려다보았다.

서령과 이륙은, 자주 그러듯, 서로를 사랑스럽게 바라보았다.

"엄마 젖꼭지 같아서 예쁘다고?"

주방 창 아래서 난주 씨가 그 말을 혼자 중얼거리더니 남자처럼 핫핫핫 웃었다.

§

모꼬지라는 말을 찾기 전에 이륙이 사전에서 먼저 찾았던 것은 무덤이라는 말이었다. 무덤. 무덤이라는 말을 모를 사람은 없었다.

이륙은 잘 아는 어휘도 사전을 찾아 다시 확인했다. 너무 잘 알아서 다 안다고 착각할 수 있다면서. 프로가 그래서는 안 되는 거라면서.

그의 직업은 말하는 사람, 말로 전달하는 사람, 선전하는 사람, 알리는 사람, 발표하는 사람, 방송하는 사람이었다. 아나운서였다.

서령은 남편을 아나운서라고 생각한 적이 없었다. 한 번도 방송국에 근무하거나 출연한 적이 없어서였을까.

이륙이라는 사람을 오로지 '서령을 사랑하는 사람'이라고만 알기로 했다. 그렇게 생각하는 게 서령은 제일 좋았다. 이륙이 가장 잘하는 일도 사실은 그것이었다. 서령을 사랑하는 일.

사전에서 찾은 말이 왜 하필 무덤이었을까.

서령은 까닭을 모르지 않았다. 요즘 두 사람에게는 무덤이 화두였다. 풀리지 않는 숙제 같은 것.

"봐, 봐."

이륙이 서령의 코앞에다 휴대전화 화면을 들이댔다. 인터넷 사전에서 무덤과 동일한 뜻을 지닌 단어들을 모아 짜깁기한 화면이었다.

무덤圐 송장. 유골(遺骨)을 땅에 묻은 곳. 구묘(丘墓), 구분(丘墳), 분묘(墳墓), 분영(墳塋), 총묘(塚墓).

묘지【墓地】몡 무덤이 있는 땅. 또는 구역. 총지(塚地).

산소【山所】몡 ①뫼의 경칭. ②뫼가 있는 곳. 산처(山處), 영역(塋域).

[산소 등에 꽃이 피었다] 선영에 꽃이 피면 자손이 잘 된다는 말로, 부귀공명(富貴功名)한 사람에게 축하의 뜻으로 일컫는 말.

뫼몡 사람의 무덤. 묘(墓). 탑파(塔婆).

"이 중에 당신은 뭘로 하겠어? 계속 무덤이라는 말을 쓰겠어?"

이류이 물었다.

"무덤이 어때서?"

서령이 되물었다.

"무덤은 묻었다는 뜻이잖아. 시체. 윽."

"자긴 뭐가 괜찮을 것 같은데?"

"산소. 그냥 산의 어떤 곳이라는 뜻이니까."

"꼭 골라야 돼?"

"요즘 우리 계속 무덤이라고만 썼잖아. 이렇게 이름이 많은데."

"응. 무덤이라고만 했지."

"다른 말로도 써보자는 거지."

"그럼 나도 산소."

"그렇지?"

"응."

"산소로 하자."

이륙이 어째서 사전을 들춰가며 딴전을 피우는지 서령은 알았다.

무덤으로 부를 것인가 산소로 부를 것인가가 중요한 게 아니었다. 어느 쪽으로 부르든 그들의 숙제가 해결되지는 않을 테니까.

무덤이든 산소든, 묘지 주인을 찾아가 이장을 독촉하는 것. 이장 독촉. 이륙이 할 일은 그것이었고 당장 그것보다 중요한 건 없었다. 그런데 이륙은 차일피일 그 일을 미루었다. 책임감이나 성실한 것에서는 누구에게도 뒤지지 않는 사람이.

§

천육백 평쯤 되는 긴 땅덩어리를 셋이 사서 나누었다. 혼자 사기에는 땅의 딩지가 컸다. 유리가 종종 놀다 오기도 하는, 애비로드와 가까운 산자락이었다.

좋은 입지에 비해 가격이 싸서 난주 씨가 얼른 입소문을 냈다. 애비로드 단골 셋이 달려들었다. 난주 씨처럼 숲에 집을 짓고 자연을 벗해 살겠다는 게 그들의 바람이었다. 서령 부부가 가장 적극적이었다.

문제는 무덤이었다. 땅 한 귀퉁이에 무덤이 하나 있었다.

땅을 산 셋 중 하나는 무덤이 속한 땅을 차지할 수밖에 없었다.

측량을 거쳐 셋으로 나누어진 땅은 각각 위 땅, 가운데 땅, 아래 땅으로 불렸다. 무덤은 아래 땅에 있었다.

설마 그게 내 차지가 되려고. 저마다 안일한 생각에 제비뽑기까지 가는 데 별 무리가 없었다. 설령 아래 땅이 걸린다고 해도 이장하면 된다고 생각했다. 누가 조상의 묘를 남의 집 마당에 두겠는가.

그런데 그게 간단치 않았다. 무덤은 전 땅 주인의 것도 아니었다. 애당초 남의 땅에 쓴 묘지였고 땅 주인이 몇 차례 바뀌었으나 무덤은 그 자리에 계속 남았다. 더구나 묘지의 주인은 이장할 맘이 조금도 없어 보였다.

이대로 가다가는 이장 비용은 물론 새 묘터 구입비까지 서령 부부가 부담해야 할 지경이었다. 묘지 주인은 벌써부터 그런 계산을 하고 있었던 것 같았다.

서령은 틈날 때마다 남편을 졸랐다. 가서 잘 좀 말해 봐. 빨리 옮겨달라고 해. 어떻게 무덤을 끌어안고 살아?

서령 부부에게는 아이가 없었다. 아나운서라면서도 이류은 이상하리만치 지방 출장이 잦았다. 땅을 함께 매입한 서울의 세 가족 중 가장 먼저 평창에 집을 지을 사람들은 서령 부부였다.

이류이 출장을 가면 서령은 서울 집에서 혼자 지냈다. 그럴 바에야 일찍 평창으로 내려와 살고 싶었다.

숲속의 예쁜 집을 꿈꾸었다. 알프스 소녀 하이디처럼 살고 싶었다. 이미 난주 씨를 없어서는 안 될 이웃이라 여기기 시작했으며 난주 씨에게 많은 걸 의지하는 중이었다.

그런 서령 부부에게 아래 땅이 걸린 것. 제비뽑기에서. 무덤이 있는 땅.

이류은 평소의 그답지 않게 아내의 이장 독촉에 미온적이었다. 무덤 주인을 만나는 일도 그랬고 만나고 나서도 그에게 화를 내거나 하지 않았다. 오히려 그쪽 사정을 대변하기까지 했다.

"자기, 무덤 주인 동생 같은 거 알아, 지금? 그쪽 편 같아."

서령이 울상을 지으면 이류은 서령의 말꼬리를 슬쩍 물고 늘어졌다. 전혀 심각하지 않은 얼굴로,

"근데 말이야. 무덤 주인, 무덤 주인 그러니까 이상해. 무덤 주인이라는 건 무덤 속에 있는 사람을 말하는 거 아닐까? 무덤의 주인이니까. 유해."

라고 말했다. 다정하게.

"사전 뜻풀이가 중요한 게 아니잖아. 이장, 이장이 중요한 거잖아."

이장 문제에 이류이 어째서 그토록 무기력한 건지 서령으로선 알 수 없었다.

"이제부터는 무덤 주인이라고 하지 말고, 여보. 뭐랄까, 그냥 유

족이라고 해야 할 것 같아. 아니면 후손. 당신도 그렇게 생각하지?"

이륙은 이런 식이었다.

유족이나 후손이라고 한들 무엇이 달라질까. 무덤이라는 말의 동의어를 열심히 찾아 서령에게 보여주었던 것도 그런 맥락이었다. 무덤과 이장을 회피하기 위해 공연한 쪽으로 말머리를 돌리려는 것.

무덤, 산소, 뫼, 무덤의 주인, 유족, 후손이라는 말 말고도 이륙의 사전 찾기는 멈추지 않았다. 자손, 제사, 정성, 모임……. 단어는 꼬리에 꼬리를 물었다. 그러다 무덤과는 전혀 관련 없는 모꼬지라는 단어에까지 이르렀던 것.

§

무덤 있는 땅을 소개해서 미안했던지 언젠가 난주 씨가 말했다.

"그분을 제가 한번 만나볼까요? 후손이라는 분."

"유리 어머니가요?"

이륙은 난주 씨를 유리 어머니라고 했고 서령은 난주 씨를 언니라고 불렀다. 처음 봤을 때부터 언니라고 했다. 언니! 있잖아요, 언니! 언니! 서령은 붙임성이 좋았다.

"아무래도 제가 이곳에 오래 살았고 후손이라는 분을 전혀 모르지도 않고요. 생각해 보니 그분하고 감자도 한 번 같이 캤던 것 같아요. 지난해 감자 농장에서 일당 받고 일할 때."

"그러실 필요까지 없어요, 유리 어머니. 무덤은 제가 알아서 처리하겠습니다. 신경 쓰게 해드려서 죄송합니다. 염려 놓으세요. 정말요."

"그 땅을 좀 더 자세히 알아보고 소개를 했어야 하는 건데."

"무슨 말씀을요. 이리 될 줄 누가 알았겠습니까. 어쨌든 제 몫이니까 유리 어머니는 아무, 아무 염려 안 하셔도 돼요. 진짜요, 진짜."

이륙은 난주 씨의 제의를 간곡히 사양했다. 두 사람의 대화는 더없이 예의 발랐다.

"언니가 후손 분께 말해 주면 어쩌면……."

서령이 끼어들었다.

"아니, 여보. 내가 해."

이륙이 얼른 나서서 막았다. 서령에게는 이륙의 말이 단호하게 들렸다. 서령은 그게 부쩍 야속했다. 저런 식으로 말하는 사람이 아닌데. 다른 사람에게라면 모를까, 나에게 저런 표정으로 말하는 사람이 아닌데. 요즘 왜 그럴까.

최근 들어 그가 종종 그랬다는 사실을 서령은 새삼 떠올렸다.

그러자 더 언짢고 섭섭해서 막 눈물이 나려고 했다.

이장 독촉과 협상이 서령의 바람처럼 되지 않았다. 답답하니 서령이 나설 수도 있었다. 그러나 그런 일이라면 서령은 스스로 자주 고백하듯, 꽝이었다. 난 꽝이거든요, 그런 일엔.

'그런 일'은 특별한 일이 아니었다. 서령의 경우에는 그랬다. '그런 일'은 '거의 모든 일'에 해당했다. 조금이라도 귀찮은 일에는 결코(목숨을 걸 정도로) 서령은 나서지 않았다. 그리고 "그런 일엔 꽝이거든요"라고 말했다.

모든 게 이륙의 몫이 되었다. 귀찮은 일은 이륙이 도맡았다. 서령이 자기 하고 싶은 것만 하고 살게 된 데는 이처럼 이륙의 책임이 컸다(고 사람들은 말했다).

귀찮은 일을 도맡는 것을 이륙 자신은 특별하다고 여기지 않았다. 서령을 위해서라면 귀찮은 일도 기꺼웠으니까. 서령은 이륙에게 언제나 기꺼움을 주는 사람이었다. 즐거움을 주는 사람. 사랑을 주는 사람. 그러니 그녀를 사랑하지 않을 수 없다는 게 이륙의 지론이었다.

서령은 갈수록 이륙에게 남김없이 의지했고, 이륙은 자신에게 존재 전부를 던져오는 서령을 기쁘고, 가쁘고, 엄숙하게 받아안았다. 남들이야 뭐라 하든 그들은 그것을 아낌없는 사랑이라고 서로 믿었다.

아무도 두 사람의 사랑에 이의를 달 수 없었다. 두 사람에게뿐일까. 모든 사랑은 그랬다. 세상엔 사만 팔천 가지도 넘는 궁합이라는 게 있는 거니까. 남들이 이의를 달고 말고 할 일이 아니잖은가.

그랬는데 이즈음 이류이 석연치 않았다. 그것이 낯설고, 언짢고, 야속했다. 서령은 막 울고 싶을 만큼 슬퍼졌다. 서령은 그런 사람이니까.

둘 사이에 미움과 불신과 실망 같은 것이 비집고 들어왔다고는 생각하지 않았다. 그런 일은 있을 수 없으므로 서령은 믿지 않았다. 믿지 않으면 없는 거였다.

만일 정말 어떤 문제가 있다면 그것은 이류의 마음에서 비롯된 것이 아니라 이류의 바깥으로부터 이류을 치고 들어와 생기는 문제일 거라고 서령은 생각했다.

이류에 대한 서령의 생각은 언제나 옳았으니까. 문제가 생길 때마다 이류은 자초지종을 정성껏, 자세히 서령 앞에 털어놓았고, 그리하여 서령은 믿게 되었던 것이다. 문제는 항상 이류이 아닌 이류 밖의 것이었다는 것을. 그래서 그들은 잘 의기투합했고 어렵지 않게 문제들과 맞서며 꿋꿋하게 해결해 나갈 수 있었다.

그런데 무덤과 이장 문제는 좀 달랐다. 그것 역시 서령과 이류의 바깥 문제이긴 했다. 무덤을 관리해야 할 후손이 나 몰라라 해서 생기는 문제니까.

하지만 무덤 문제에서 이류은 좀 달랐다. 평소의 이류이 아니었다. 이장 독촉에 적극적이지 않았다. 무기력하고 무책임할 정도. 심지어 후손 쪽의 사정을 더 이해하려는 것처럼 보였다.

상대가 있는 일이라서 그러겠지. 저쪽이 배 째라고 나오는 식이라면 어쩔 수 없는 일 아닌가. 서령은 이류을 이해하려 했고 이해해 왔다.

그러나 야속한 맘이 드는 것 또한 어쩔 수 없었다. 예전처럼 자세히 말해 주면 될 것을, 어째서 이제는 기다리게만 할까. 왜 무덤과 이장에 관해서라면 한 발짝도 못 들여놓게 할까. 그토록 단호한 이유는 뭐며, 그로 인해 어색해진 둘 사이의 분위기를 얼른 수습하려 들지 않는 까닭은 뭘까.

서령은 알 수 없었다. 아는 게 아무것도 없는 것 같아서 막 답답했다. 분해서 자꾸 눈물이 나오려고 했으나 이류을 힘들게 할 것 같아서 꾹 참았다.

무슨 일이 있어도 이류을 힘들게 해서는 안 돼. 지금껏 그래왔으니 앞으로도. 이것이 서령의 유일한 신념이었다. 그를 사랑하니까. 그가 말을 하든 안 하든, 이장에 적극적이든 아니든, 단호하든 아니든, 모든 것이 나를 위해 우리를 위해 그러는 거라고 믿어. 나의 이류이니까.

나는 분하지 않다. 분하지 않아. 그래야지. 이것이 사랑일 테니까. 이러는 것이. 한 치도 서운해하지 말자. 그깟 무덤 하나 가지고. 무덤이 아니라 어쩌면 우리에게는, 그래……비장탄, 모꼬지, 음, 음, 이런 게 더 중요한 것일지도 몰라. 진짜.

§

서령은 옛일을 떠올렸다. 옛일을 떠올리자 조금씩 조금씩 맘이 따뜻해지고 미소가 살아났다.

이유 없이 불안하고 소슬할 때 서령은 서둘러 옛날로 돌아갔다. 이류의 출장으로 혼자 남겨진 시간이 자꾸 길어질 때, 그에게서 전화가 없고 비가 세찬 날, 춥고 먹고픈 것은 없어 울적할 때, 서령은 소파에 몸을 묻고 옛날로 돌아갔다.

옛날이란 이류를 처음 만나던 시절을 말하는 거였다. 필요할 때 언제라도 추억할 수 있고, 돌아가면 한없이 푸근해지는 곳. 두 사람의 사랑이 발원한 곳. 옛날이란 당연 그때였고 옛일이란 그때의 일들이었다.

회상의 시작은 언제나 경비실이었다.

남양주의 한 아파트 단지 경비실. 작은 전기스토브의 열선이 홍시처럼 빛나던 곳. 경비 아저씨들의 검은 점퍼가 벽에 걸려 있고, 담배 냄새와 일회용 맥심 커피 냄새가 반반씩 섞여 있던 곳.

그래서인지 그곳은 항상 아스라하고 따뜻하고 달착지근하게 떠올랐다.

지나치기만 할 뿐 들르던 곳이 아니었다.

그날 처음 경비실 안으로 잠깐 들어갔었고 그것이 마지막이었다. 그런데도 회상의 시작은 언제나 경비실이었다.

남양주와 의정부와 서울이 만나는 곳. 그곳에 세상모를 아파트 단지가 숨어 있었다. 동네 이름도 청학리여서 지리산 어디인가 하는 곳. 서령은 그곳 아파트 단지의 여덟 평짜리 방에서 전세를 살았다.

그날 경비실 안에는 서령 말고도 서령 또래의 여자가 하나 더 있었다. 서른둘이거나 셋이었을 나이. 서령과 그녀를 경비실로 오게 한 것은 소리였다. 두 사람은 아파트 단지에서 한 번도 마주친 적이 없었다. 서령에게는 '그 소리'가 듣기 좋은 목소리였지만 또래 여자에게는 참을 수 없는 스피커 소음이었다.

글 쓰는 사람이라고 자신을 소개한 또래 여자는 반복되는 스피커 소리 때문에 일에 집중할 수 없다며 행상 트럭을 철수시키거나 스피커를 끄게 해달라고 경비 아저씨에게 애원했다.

서령은 울상 짓는 또래 여자를 바라보며 귀로는 '그 소리'를 들었다. 굴비를 사라는 중저음의 단아한 남자 목소리. 단지에서 가장 맛있는 미친 떡볶이―청학리가 거의 산골마을이었던 40년 전부터 떡볶이 하나로 터를 지켜온—를 사가지고 오던 중에 서령은 스피커 소리를 들었다.

무슨 저런 좋은 소리가 있을까 싶어 서령은 가장 소리가 잘 들리는 경비실 앞에서 걸음을 멈추었고, 아예 경비실에 들어가 의자를 빌려 조금 더 들었다. 그때 또래의 여자가 헐레벌떡 경비실 문을 열고 들어섰던 것.

"뭐 하시는 거예요, 아저씨이이이. 저 소리 계속 저러게 내버려두실 거예요?"

여자는 발을 동동 굴렀다.

"거슬리시나요?"

경비 아저씨가 물었다.

"말이라고 하세요오오오? 저런 소리 좋아할 사람이 누가 있겠어요. 멈추라고 해주세요, 아저씨이이이. 제발요."

저런 소리 좋아하는 사람이 바로 옆에 앉아 있다는 걸 여자가 알 리 없었다. 여자의 왼쪽 콧구멍 아래, 점인가 했는데 작은 코딱지가 붙어 있었다.

'난 좋은데……'

말하려다 서령은 멈칫했다.

트럭 짐칸에 굴비가 잔뜩 쌓여 있었다. 소금기로 희치희치한 굴비들이 짚을 대신한 노란 비닐 끈에 한 두름씩 묶여 있었다. 스피커는 쉬지 않고 영광 굴비의 비교할 수 없는 맛을 찬양했다.

서령은 '저런 소리', 행상 트럭에서 호객하는 소리를 좋아하는 사람이라고 자신을 생각해 본 적이 한 번도 없었다. 행상도 트럭도 굴비도 스피커도 상관없이 그냥 '저 소리'가 좋게 느껴질 뿐이었다.

어떤 소리가 좋아서 아파트 경비실의 낡은 의자를 빌려 앉아 듣는 타입의 사람이라는 게 따로 있겠는가. 음악도 아니고. 굴비가 싸고 맛있으니 많이 사가라는 소리를.

떡볶이를 사오다가 서령이 경비실 앞에서 걸음을 멈춘 것. 거기에는 사람의 목소리가 갖고 있는 독특한 음색 음질 음감 혹은 주파수 그런 것들이 누구의 귀에는 각별히 매력적일 수 있다는 것 말고 다른 이유는 없었다.

서령의 귀에 들려온 소리의 매력에는 행상, 트럭, 굴비, 스피커 같은 요소는 다 빠져 있었다. 지문이나 홍채처럼 목소리에도 고유한 문양이 있는 거라면 서령은 오로지 그 문양에 빠져든 것일 테니까.

서령은 경비 아저씨를 따라 트럭으로 다가갔다. 목소리의 주인공이 궁금했다. 또래 여자는 따라나서지 않고 경비실 안에서 유리창 밖으로 지켜보기만 했다.

트럭으로 가는 중에도 방송은 계속됐다. 행상 스피커가 아니라 라디오 방송 같았다. 방실방실 웃는 계란 스피커나 무지하게 싸게 판다는 마을 스피커, 고장 난 텔레비전이나 냉장고 스피커와는 딴판인 방송이었다.

내용은 굴비를 사라는 소리였다. 굴비 트럭이었으니까. 영광에서 금방 올라온 굴비, 굴비만으로도 맛이 최고지만, 한국 최대 일조량을 자랑하는 영광 염전의 최고급 천일염과 서해 바다의 부드러운 해풍으로 건조해 완성한 법성포 참굴비를, 오늘 단 하루에 한정해서 한 두름에 10만 원 하는 것을 5만 원에 초특가 서비스해 드린다는 소리.

소리의 품격이 베테랑 남자 아나운서가 진행하는 정규 편성의 라디오 프로그램 같았다. 월드컵 축구 경기에서 우리나라 선수가 골을 넣어도 결코 흥분할 것 같지 않은 아나운서의 차분한 목소리. 상품이 굴비인데 저런 목소리로 팔아도 팔릴까 공연히 궁금해지게 만드는 목소리.

트럭의 운전석은 비어 있었다. 면 수건을 목에 두른 굴비 상인은 트럭 밖에서 굴비를 팔고 돈을 챙겨 넣기에 바빴다.

"민원이 있어서 그러니까요, 저기요, 스피커는요, 좀 꺼주셔야겠는데요."

경비 아저씨가 큰 소리로 말했고,

"예? 아, 예, 예, 알겠습니다. 알겠습니다."

상인이 굽신거리며 역시 큰 소리로 대답했다. 스피커와는 완전 다른 목소리. 짐작을 안 한 것은 아니었지만 스피커 소리는 녹음 테이프인지 시디인지에서 흘러나오는 거였다.

경비 아저씨와 상인이 말을 주고받는 동안에도 영광 법성포 참 굴비를 찬양하는 차분하고 단아한 목소리는 아파트 건물에 부딪혀 메아리치면서 맑은 하늘로 하늘로 퍼져 나갔다.

하지만 스피커는 곧 꺼지고 말았다. 스피커가 꺼지자, 줄을 잇던 손님의 발길도 거짓말처럼 끊겼다.

서령을 민원인으로 알고 눈치를 보던 상인이 말했다.

"껐는데요, 스피커."

서령이 손사래를 쳤다.

"제가 꺼달라고 한 게 아니에요. 저는 스피커 소리가 좋았는데요."

"그러세요? 아, 뭘 아시네. 보통 녹음이 아니거든요, 이게."

"그런 것 같아서요."

"녹음비가 좀 비싸요. 그만큼 장사가 되니까."

"그렇구나."

"마성의 목소리예요. 알 만한 사람은 다 알아요, 전국적으로. 특히 우리 같은 트럭 행상들은."

"효과가 확실한가요?"

"보세요, 당장. 틀었을 때와 껐을 때가 완전 다르잖아요. 끄니까 손님이 하나도 없잖아요."

"뭐든 잘 팔리나요? 굴비 말고도?"

"이 아나운서가 녹음만 하면 그래요. 양말, 순대, 코다리, 생밤, 옥수수 다, 약발 장난 아녜요."

"아나운서시구나. 어느 방송국이에요?"

"그런 건 없어요."

"녹음비는요? 얼마나 해요?"

"직접 물어보세요."

상인은 서령에게 명함 한 장을 쑥 내밀었다. 상인의 손에서 구수한 굴비 냄새가 났다.

명함에는 딱 세 줄이 적혀 있었다.

아나운서

이 룩

010-2737-XXXX

서령은 명함을 받고, 들고 있던 떡볶이를 상인에게 건넸다. 돈 받고 물건을 주는 것처럼.

§

"무슨 생각해?"

이류이 물었다. 처음 경비실에 앉아 들었던 그 목소리 그대로. 야속했던 서령의 맘이 눈처럼 녹았다.

"경비실."

오늘 더는 무덤 얘기는 말자. 서령은 속으로 다짐했다.

"법성포 굴비?"

이류이 빙긋 웃었다.

"숫자 커다란 열두 장짜리 달력이 있었어. 그날 경비실에. 글자 하나가 참크래커만 한 거. 경비 아저씨 점퍼에 '우림정밀'이라는 글씨가 박혀 있었고. 경비원 유니폼이 따로 있었을 텐데 그날은 하여튼 우림정밀이었어. 거슬리시나요? 라고 말하는 아저씨 되게 포스 있었어, 그날."

"여자 코 밑에 코딱지 있었고. 그치?"

"응, 코딱지. 그리고 글 쓴다는 여자. 내 완벽한 추억을 위해 투입된 뭐랄까, 1급 조연 배우 같았어. 그렇게 경비실의 기억이 완성되고 각인되었어."

"그날 나는 떡볶이를 받았고."

"굴비 아저씨는 왜 그걸 당신한테 가져다주었을까. 그 아저씨

57

먹으라고 준 건데."

"인연은 늘 그런 식. 식고 불어 터진 떡볶이가 그렇게 맛있을 줄은 정말 몰랐어. 인연이 연출해 내는 일들은 정말 놀라워."

"놀라워."

"당신 처음 봤을 때 인감도장 같았던 것도."

"인감?"

"옛날 동사무소에서 인감증명 뗄 때 도장과 등록된 인장을 맞추어보잖아. 투명 셀로판에 도장 찍어서. 이렇~게."

이류이 두 손을 천천히 겹쳐 보였다.

"응."

"내 안에 새겨져 있던 이상형과 당신이라는 실물이 딱 맞은 거지. 인감도장처럼..이렇~게."

서운했던 맘이 완전히 풀렸다. 이류의 목소리라는 것은, 서령에겐 그런 것이었다.

옛일을 떠올리며 생각해 봐도 이류의 목소리만큼은 그때와 지금이 조금도 다르지 않았다.

옛일을 떠올리면 이류이 곁에 없어도 그의 목소리를 듣는 것 같았다. 그렇게, 그가 없어도 서령은 언제나 그의 목소리를 들었다.

유리
바람에 불려와 저 스스로 뿌리내린 꽃

"말해 봐, 브루스."

유리가 브루스를 바라보았다.

두 사람은 작은 계곡을 건넜다. 정자 씨가 뒤따랐다.

"뭘?"

브루스가 되물었다.

"에스컬레이터."

"에스컬레이터 뭐?"

"어느 쪽이냐고. 지하철 에스컬레이터. 걸어 내려가는 쪽? 안 걸어 내려가는 쪽?"

"대답해야 해?"

"싫으면 관두고."

"60살까지는 걸었고 지금은 못 걷고. 네 나이에 60을 상상이나 할까."

"브루스가 뭐라는 거예요?"

정자 씨가 한눈을 파느라 통역을 못 했다. 작은 계곡에는 맑은 물이 졸졸 흘렀다. 붉은 산배롱나무꽃 아래로 남색 달개비가 바람에 흔들렸다.

"저게 뭔지 알려줄래?"

정자 씨가 손가락으로 꽃을 가리켰다.

"누리장나무꽃."

유리가 말했다.

"하나만 더. 저것은?"

정자 씨가 가리킨 것을 유리와 브루스가 바라보았다.

"더덕꽃."

유리가 말했다.

"저게? 더덕꽃이구나. 저렇게 생겼구나. 정말 예쁘다. 아, 정말 예뻐. 예뻐."

정자 씨가 넋을 잃고 더덕꽃을 바라보았다. 유리가 넋 나간 정자 씨를 말끄러미 바라보았다.

"아, 참, 음. 60살까지는 걸어 내려갔는데 지금은 힘드니까 못 걸어 내려간대."

정자 씨가 뒤늦은 통역을 했다.

"그럼 브루스도 걷는 쪽이라는 말이네, 어쨌든."

"그렇겠지?"

유리는 노란 조끼 주머니에서 수첩을 꺼내 '브루스는 걷는 쪽'이라고 적었다. 그 위쪽에는 '서령 이모는 안 걷는 쪽'이라고 적혀 있었다.

흰 트럭 한 대가 저 멀리 지나갔다. 유리가 트럭을 향해 손을 흔들며 작은 소리로 중얼거렸다.

"삼촌, 이따 와서 노래 불러줘."

유리, 브루스, 정자 씨 세 사람은 문제의 무덤을 찾아가는 중이었다.

서령과 이류 씨 부부에게만 문제의 무덤일 뿐 브루스나 정자 씨에게는 문제될 게 없었다. 더구나 유리에게는 행운과도 같은 무덤이었다.

행운? 유리는 고개를 갸웃거렸다. 행운은 아니고 뭐라고 해야 하지? 다행? 다행도 행운이 아닐까. 몰라. 모르겠다.

무덤은 유리의 놀이터였고 정원이었다. 유리와 브루스와 정자 씨가 무덤에 가는 이유는 서령 씨 부부가 맞닥뜨린 문제와는 아무 관련도 없었다.

브루스와 정자 씨가 유리의 놀이터에 가는 거였다. 유리가 자기의 꽃 정원에 그들을 초대한 셈이었다. 도중에 작은 비탈이 하나 있었으나 브루스가 못 지나갈 정도는 아니었다. 천천히 걸어 무덤에 도착했다.

"세상에!"

정자 씨가 놀라 입을 다물지 못했다.

"저 꽃들. 전부 네가 심은 거니?"

브루스가 물었다.

"심은 게 아니야. 보살폈을 뿐이야."

풀은 어디에나 나고 꽃도 어디서나 핀다고 유리는 브루스에게 말했다. 뿌리내린 꽃 주변의 잡초들을 살짝만 뽑아줘도 꽃들이 아주 천천히 점점 많아진다고 했다. 그 일밖에는 한 게 없다고 유리는 말했다.

"집도 아니고 밭도 아니고 왜 무덤이야?"

브루스가 물었고,

"왜 무덤에다 꽃을 가꾸냐고?"

유리가 되물었다.

브루스와 정자 씨가 동시에 고개를 크게 끄덕였다.

"엄마 무덤이야."

"무슨 소리?"

정자 씨가 물었다.

"유리 맘은 지금 애비로드에 있잖아."

브루스가 말했다.

"엄마 무덤인 줄 알았어. 그래서 예쁘라고 가꾸었어."

유리가 말했다.

브루스가 고개를 갸웃했다.

"멀쩡한 엄마를 두고……."

"브루스하고 브루스 아줌마는 눈치가 없나? 엄마가 몇 살인데. 내가 친딸이 될 수 있겠어요?"

"아아!"

정자 씨가 입을 딱 벌렸다.

"우리 엄마 몇 살일 것 같아요?"

"오오! 그……렇구나."

놀라 커다래진 눈을 정자 씨는 어찌할 줄 몰랐다.

"젊은 진짜 엄마는 이 무덤 속에 있는 거예요. 그래서 애비로드 엄마가 나를 이곳에 자주 데려와서 놀아주었던 거고."

"통역해 줘, 중자."

브루스가 보챘다.

"잠깐 브루스, 좀 있다 말해 줄게. 유리야, 엄마가 그러든? 이게 유리 진짜 엄마 무덤이라고?"

"천만에용. 내가 눈치로 때려잡았죵."

"눈치로?"

"몰라요? 내 안에 엉큼한 어른이 들어 있다는 거?"

"그러니까……엄마 무덤 예쁘라고 꽃을 보살폈다구?"

"이곳은 따뜻하고 조용해요. 꽃도 잘 피고 노래하며 놀기도 좋아요."

정자 씨는 무덤 주변을 둘러보았다. 사람 손으로 옮겨 심은 꽃이 아닌, 바람에 불려와 저 스스로 뿌리를 내린 꽃들이었다.

여러 종류의 작은 야생화들이 흩뿌린 듯 자연스레 피어 있었다. 봄에는 희고 노란 꽃, 여름에는 붉은 꽃, 가을에는 남보라 꽃이 핀다고 유리가 조잘조잘 말했다. 무덤 안에 있는 엄마를 생각하며 유리 혼자 보살핀 꽃들이었다.

무덤이 서령 씨 부부에게 어떤 문제를 일으키는지 유리는 잘 알고 있었다. 엄마에게 물어서 사정을 자세히 알게 되었다며 유리는 기뻐했다. 정자 씨는 브루스에게 여기까지의 내용을 한꺼번에 몰아서 주르륵 통역했다.

"뭐가 기쁜 걸까?"

브루스가 물었다. 유리가 대답했다.

"이 무덤의 후손이 있다잖아. 서령 이모네가 무덤을 옮겨달라고 해도 안 옮겨준대. 그래서 골치 아프대. 뭐야. 그러니까 이 무덤에는 진짜 엄마가 묻혀 있는 게 아니잖아. 내가 후손이 아닌 거잖아."

"그럼 진짜 엄마는 어디에 묻힌 걸까?"

브루스가 물었다.

유리가 혀를 끌끌 찼다.

"참내, 애비로드 엄마가 진짜 엄마라는 뜻이잖아."

"그렇지."

정자 씨가 얼른 고개를 끄덕이며 그런 거지, 라고 한 번 더 말했다.

"정말 이곳 멋져, 유리."

브루스가 말했고 정자 씨가 무덤 주변을 휴대전화로 찍기 시작했다.

"서령 씨한테 보여주고 싶어."

"나라면 이대로 내 집 마당에 두겠어. 옮길 필요 없겠어."

정자 씨와 브루스가 신이 나서 말을 주고받았다.

유리도 새삼 꽃밭 무덤을 바라보았다. 이대로 두면 더 좋겠지만 서령 이모가 싫대서 옮긴다고 해도 어쩔 수 없는 일이라고 생각했다.

두든 옮기든, 이제 더는 무덤 속에 진짜 엄마 따위는 없다는 것. 세상의 유일한 엄마는 오로지 애비로드 최고의 손맛 경난주 씨뿐이라는 것. 그것이면 다른 것은 아무래도 좋다고 유리는 생각했다.

§

아까 저 멀리 지나갔던 흰 트럭이 이쪽으로 돌아오는 게 보였다. 검은 길 위를 미끄러지듯 달려왔다. 길가의 나무들에 가려져 트럭은 보이다 안 보이다 했다.

마침내 작은 계곡 건너편에 트럭이 멈춰 섰고 운전석의 문이 열렸다.

"삼촌······."

유리가 입으로 작은 소리를 냈다. 짧고 작은 소리여서 새소리 같았다. 정자 씨가 유리에게 물었다.

"아까 유리가 했던 말을 트럭이 들었던 거야?"

유리는 말없이 웃었다.

"무슨 말이야, 중자. 통역해 줘요."

브루스가 재촉했다.

"아까요, 아까 유리가."

"응."

"저기 저만치 지나가는 트럭한테 말했거든."

"응."

"삼촌. 이따 와서 노래 불러줘."

"이따 와서 노래 불러줘."

"응. 그렇게 말했거든. 그런데 진짜 온 거야."

"멀었는데 들렸던 걸까?"

"그걸 내가 지금 유리한테 묻고 있었어, 브루스."

"뭐래?"

"웃기만 해."

"음."

트럭에서 내린 청년이 세 사람이 있는 무덤 쪽으로 빠르게 뛰어오는 중이었다.

마트청년이었다.

정자 씨도 브루스도 애비로드에서 두 차례 봤던 청년이었다. 마트에 전화로 주문한 구매품을 가정까지 배달해 주거나 산지의 농산품을 트럭에 실어 마트로 출하시키는 인근 대형마트 직원.

청년은 언제나 기타를 갖고 있었다. 지금도 기타를 들고 무덤 쪽으로 오는 중이었다.

"저거 없이는 못 사는 삼촌."

유리가 말했다. 일보다 기타가 먼저라고. 기타를 조수석에 모시고 다닌다고 말했다. 기타를 자기 심장처럼 쓰다듬는 사람이라고 엄마가 말했어요. 사람을 터무니없이 편하게 만드는 재주가 있다고요. 기타를 치면 배달이 늦어져요. 유리는 말하면서 혼자 흐뭇하게 웃었다.

"배달이 늦다고 마트에서 두 번 잘렸었어요."

유리가 큭큭 웃었다.

"그럼 세 번째로 다시 채용된 거겠네."

"내가 막 울어서요."

"울어?"

"마트에 가서 막 울었어요. 삼촌 다시 쓰라고."

"그랬구나."

"삼촌이 이곳을 떠나면 안 되니까."

"시위를 한 거네. 울음 시위."

"내 노래에 반주할 사람, 삼촌 아니면 없으니까."

"제발, 중자. 날 투명인간 취급 말아줘."

브루스는 울기 직전이었다. 정자 씨는 통역하는 걸 자주 잊었다. 정자 씨는 조금만, 조금만 나중에 브루스, 하면서 유리에게 물었다.

"요즘은 배달이 좀 빨라졌나?"

"그대로예요."

"음. 마트 사장님이 참 좋은 분이시구나."

"그럴까요?"

"아닌가?"

"근방에서 그 월급 받고 배달할 사람, 삼촌밖에 없으니까요."

정자 씨가 깔깔깔 웃었다. 그리고 브루스가 울음을 터뜨리기 직전에 또 한꺼번에 몰아 주르륵 통역했다. 브루스가 금방 아이처럼 웃었다.

마트청년이 무덤에 도착했다. 오자마자 마트청년은 무덤에 기대어 앉아 기타를 치며 노래를 하기 시작했다. 이제 내 집에 오니 아, 죽어도 좋아, 행복해, 라는 가사의 노래였다.

너무 자주 이곳에 달려와서 같은 포즈로 같은 노래를 너무 자주 불렀다는 느낌이 들게 하는 풍경이었다. 유리의 말마따나 따뜻하고 조용한 곳. 꽃도 잘 피고 노래하며 놀기 좋은 곳.

무덤은 죽은 사람을 묻기 위해 흙을 쌓은 봉토가 아니라 노래하는 청년을 위해 지어진 폭신한 흙등받이처럼 보였다. 야생화 꽃문양이 촘촘히 박힌 크고 둥그런 흙등받이 쿠션.

묘터의 흐드러진 꽃들과 산벚나무 잎을 흔드는 바람, 바닥이 해진 청년의 운동화와 흐뭇하게 미소 짓는 유리, 그 모두의 배경에서 가없이 높아가는 하늘까지, 황금빛 액자 안에 든 그림 같지 않은 것은 하나도 없었다.

감미로운 기타와, 이제 집에 오니 죽어도 좋아 헤이헤이헤이, 마트청년의 노래가 그 완전한 풍경을 부드럽게 적셨다. 풍경이 완전해 보이는 것은 그가 너무 자주 이곳에 달려와서 같은 포즈로 같은 노래를 너무 자주 불렀기 때문인 것 같았다.

청년의 기타 반주는 프로급은 아니어도 꽤나 실력파다운 솜씨였다. 그의 손이 기타 줄에서 오르내릴 때마다 정자 씨와 브루스는 어깨를 들썩였다.

그러나 노래는 썩 들을 만한 게 아니었다. 어디가 어떻다고 꼭 집어 말할 수는 없지만, 하여튼 부르면 부를수록 뭐랄까, 부르는 사람이 자꾸 안쓰러워 보인달까. 아니면 듣는 사람이 공연히 부끄러워진달까. 그런 이유 모를 어색한 흥분을 자아냈다.

그런 노래임에도 불구하고 마트청년은 심혈을 기울여 진지하게 노래했다.

"유리야, 알겠다."

정자 씨가 고개를 끄덕이며 작은 소리로 말했다.

유리는 웃기만 했다.

정자 씨가 이번엔 브루스에게 말했다.

"알겠어. 왜 짤리는지를."

브루스가 웃으며 대꾸했다.

"알겠어, 이제 나도. 달리는 트럭에서 유리의 작고 먼 목소리를 그가 어떻게 들을 수 있었는지를."

"와서 노래해 달라고 유리가 말 안 했어도 왔을 테니까?"

"그렇지만 유리가 말 안 할 리도 없었겠지."

브루스의 말을 듣기라도 한 듯 유리가 노래를 하기 시작했다.

마트청년이 자주 기타를 들고 이곳 무덤에 왔다면 거기에는 언제나 노래를 부르고 싶어 하는 유리가 있었던 것.

유리는 노래가 하고 싶어 삼촌이 필요했고 마트청년은 기타를 치기 위해 유리가 필요했다.

§

유리가 무덤 앞에 꼿꼿이 서서 노래했다. 마트청년 혼자 기타를 치며 자기 노래를 부를 때와는 사뭇 다른 분위기였다. 이번에 청년은 반주만 했다. 노래가 달라지자 반주도 달라졌다.

유리는 꽂힌 듯 제자리에서 꼼짝 않고 서서 노래를 불렀다. 정자 씨와 브루스가 놀란 눈으로 노래하는 유리를 바라보았다. 그들은 어린 여자 아이의 목에서 흘러나오는 믿을 수 없는 저음의 선율에 매료되었다.

목구멍의, 어두운 저 뒤 끝, 그 밑으로부터 길어 올리는 깊은 떨림이 유리의 작은 입 밖으로 울음처럼 터져 나왔다.

"중자, 내가 아는 노래야!"

브루스가 놀라 말했고,

"알고말고. 아말리아잖아."

정자 씨가 브루스의 팔을 가만히 부여잡으며 입속으로 흥얼거렸다.

—해변의 할멈들은 말하더군요. 당신은 돌아오지 않을 거라고.

—하지만 난 알고 있답니다. 당신이 나를 버리지 않았다는 것을.

유리는 가사의 내용과 상관없이 부르는 것 같았다.

—당신이 언제나 나와 함께 있다는 걸 내 곁의 모든 것들이 말해 주고 있잖아요.

—저 파도 속 공허한 바다 밑에 있을지언정.

가사의 내용을 몰라도 유리는 곡조에서 이미 슬픈 운명을 충분히 느끼는 듯했다.

이제 내 집에 오니 아, 죽어도 좋아, 행복해, 라고 노래 부를 때와는 전혀 다른 반주가 마트청년의 손에서 튕겨 나오고 있었다. 유리와 청년 사이의 놀라운 호흡.

"이제 알겠어, 중자. 유리가 왜 자기 노래 반주할 사람이 저 청년 말고는 없다고 했는지. 굉장하지 않아?"

브루스가 속삭였다.

"믿을 수 없을 정도야. 울음 시위 할 만했어."

정자 씨도 속삭였다.

"세상에……저 어린 나이에 파두라니."

"정말 놀라워."

두 사람의 속삭임을 듣기라도 한 듯 마트청년이 반주를 마치며 고개를 숙여 정자 씨와 브루스에게 예의를 표했다. 유리의 노래도 끝났다.

마트청년이 한 차례 어깨를 으쓱했다.

"이 노래는 기따라로 연주해야 제맛이 나는 곡이에요. 무어인의 열두 줄짜리 기타죠. 여섯 줄짜리로는 어림없어요. 하지만 어쩔 수 없죠. 최대한 유리 노래에 맞춰요. 매일 연습해요."

정자 씨가 박수를 쳤다.

"브라보!"

브루스도 박수를 쳤다.

"앵콜!"

유리의 두 번째 노래가 시작되었다.

이번에는 정자 씨도 브루스도 처음 듣는 노래였다.

유리는 묘터 가운데 자기의 몸을 타프 페그처럼 꽂고 어린 나이로서는 어울리지 않는 멜리스마를 구사했다. 정말이지 유리의 가늘고 작은 몸은 어딘가로부터 날아와 꽂힌 꽃화살 같았다.

핀 같기도 하고 화살 같기도 한 유리의 가늘고 꼿꼿한 몸이 마트청년의 기따라식 반주에 맞추어 서서히 떨기 시작했다. 몸이 떨어 목소리마저 떨리는 건지, 목소리의 떨림을 따라 온몸이 떨리는 건지 알 수 없었다. 멜리스마란 그런 거였다.

떨림은 유리가 디딘 땅을 떨게 하고 마침내는 땅 밑에 깊이 묻힌 어미의 혼마저 흔들어 깨울 듯 격렬해지다가 한숨처럼 가라앉기를 반복했다.

유리가 그동안 어째서 마트청년의 기타를 꽃의 정원으로 오게 했는지, 묘터에 핀처럼 깊이 박혀 온몸을 떨며 노래했는지 누구라도 알 것 같았다. 어째서 무어인의 선율로 숙명을 탄식했는지, 서늘한 전율과 환희의 신열 사이를 오갔는지.

지금껏 유리는 저 무덤의 주인이, 알 수 없는 사연으로 죽어간 비운의 친모라고 믿어왔던 것이다.

"이 곡 처음인가요?"

반주를 마친 청년이 물었다.

정자 씨와 브루스는 박수를 쳤고, 역시 파두인 건 알겠는데 누구의 노래인지는 모르겠다고 말했다.

"한국 중년들은 거의 다 알거든요, 이 노래."

"한국에 살지 않았거든요. 30년간."

정자 씨가 말했다.

"아하, 아하, 어쩐지. 베빈다가 가사를 고쳐 부른 파두지만요,

네, 베빈다요? 포르투갈 신세대 파디스타예요, 원곡은 한국 사람이 만들고 노래한 거고요."

"원곡이 한국 노래라고요?"

"그래요."

그러면서 마트청년은 한 소절을 기타에 맞춰 가만히 불렀다.

─누구나 사는 동안에 한 번 잊지 못할 사람을 만나고 잊지 못할 이별도 하지…….

"유리는 이런 노래를 다 어디서 배운 겁니까?"

브루스가 물었다.

"애비로드죠. 애비로드에는 비틀스 음반이 가장 많아요. 다음은 파두."

청년은 말을 마치고 다시 기타 줄 위에 손을 얹었다.

"들어봤어?"

브루스가 정자 씨에게 고개를 돌리고 살짝 물었다.

"응?"

정자 씨가 되물었다.

"파두 말야. 애비로드에서 들어봤어?"

"그러고 보니……응, 들어본 것도 같아."

"언제?"

"언제였더라……밤이었던 것 같은데."

"밤? 잘 때 노래를 트나?"

"어쩌면 그럴지도."

"그래서 내가 못 들었나?"

청년은 두 사람의 귓속말을 아랑곳 않고, 차례를 기다렸다는 듯 자기 노래를 힘차게 부르기 시작했다.

자백하라고 해, 이건 가짜야, 내가 L을 이겼어, 따위의 가사가 까마귀 떼처럼 하늘로 솟아올랐다. 부르는 사람은 안쓰러워 보이고 듣는 사람은 공연히 부끄러워지는 노래.

난주 씨가 그를 두고 어째서 사람을 터무니없이 편하게 만드는 재주가 있는 청년이라고 말하는지, 그 이유를 너무도 잘 알 것만 같은 순간이 무덤가 오후의 한때를 지나고 있었다.

안쓰러움과 부끄러움이 뒤섞인 노래가 거친 까마귀 떼처럼 하늘로 마구 솟구쳐도, 하늘은 여전히 눈부시게 맑았고, 바람은 여전히 시원했으며, 네 사람의 옷 빛깔이 이루어내는 어울림은 무덤가에 핀 가을꽃들과 하나도 다르지 않았다.

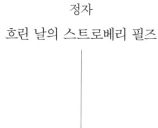

정자

흐린 날의 스트로베리 필즈

정자는 주방 조리대로 걸어가 난주 씨의 등 뒤에 섰다. 난주 씨의 어깨 위에 손을 얹었다. 왠지 그래야만 할 것 같았다. 산골의 저녁은 금방 어두워졌다.

난주 씨는 찜통 뚜껑을 열고 푸른 고추 열 개쯤을 통째로 집어넣었다. 맛간장 냄새가 훅 끼쳤다.

"이게 뭔지 알 것 같아요."

난주 씨의 어깨 너머로 찜통을 들여다보며 정자가 말했다.

"닭찜, 맞죠?"

난주 씨가 말없이 고개를 끄덕였다.

"난주 씨가 즐겨 만든다는 음식 중 하나, 이게 곰취마구뜯어먹은닭찜이구나."

난주 씨가 이번에는 고개마저 끄덕이지 않았다.

역시 그녀의 안에서, 무언가 어지러운 것들이 뒤엉키고 있는 거라고 정자는 생각했다.

정자는 난주 씨의 어깨를 살짝 쥐었다. 이번에도 왠지 그래야만 할 것 같아서였다.

찜통 뚜껑을 닫고 싱크볼에 행주를 빨아 조리대 상판을 닦는 난주 씨의 움직임이 정자의 손과 팔에 고스란히 전해졌다.

난주 씨와 한 방향을 향하고 있었으므로 정자는 난주 씨의 얼굴을 볼 수 없었다. 정자가 난주 씨의 등 뒤로 다가가 어깨에 손을 얹은 것은 난주 씨의 낯빛 때문이었다. 어느 순간 갑자기 어두워진 난주 씨의 낯빛.

괜찮냐고, 왜 그러냐고 섣불리 입을 열어 물을 수 없었다. 다만 난주 씨에게 다가가면 그녀의 상태를 가까이에서 어떻게든 느낄 수 있을 거라고 생각했다.

그런데 묻지는 못하고 정자는 난주 씨의 어깨에 손을 얹은 채 그녀가 움직이는 대로 조금씩 따라 움직이며 딴소리를 했다.

"음, 맛있겠다. 맛있겠어요."

§

조금 전까지만 해도 정자는 브루스와 함께 애비로드의 식탁 의자에 앉아 유리의 말을 듣고 있었다.

"사랑을 잃고 나는 쓰네*, 알아요?"

유리가 물었다. 유리의 몸속에 깃들었다는 어른 유리의 말이었다. 정자와 브루스는 고개를 가로저었다. 몰라.

"나도 몰라요. 그런데 나는 그런 게 있다는 걸 알아요. 알고, '사랑을 잃고 나는* 부르네'로 바꿔 말해요. 나는 사랑을 잃고 부르고 부르고 불렀거든요. 비통한 노래를요. 비통했으니까요."

"음."

"그렇구나."

정자는 고개를 끄덕였고, 빠르게 통역했고, 브루스도 고개를 끄덕였다.

난주 씨는 컵보드에서 찜통을 꺼내 가스 쿡탑 위에 얹었다. 난주 씨의 주방 컵보드 상단에는 특이하게도 '이것은 찬장'이라는, 약간 삐뚤어진 필체의 짧은 문구가 붙어 있었다. 유리가 말을 이었다.

"날마다 울면서 노래를 불렀어요. 안 그러면 죽을 것 같았으니까. 다행이었어요. 나는 주연급은 아니었지만 뮤지컬 배우였으니까요. 얼마든지 맘껏 노래 부를 장소가 있었지요. 큰 연습실요. 꽝꽝 울리던 연습실. 아, 사랑을 잃고 나는 쓰네, 그거 시래요. 잘 있거라, 짧았던 밤들아 창밖을 떠돌던 겨울 안개들아 아무것도 모르던 촛불들아, 잘 있거라*⋯⋯모른다구요?"

"응."

"몰라."

"그러다가 나는 떠나기로 했어요. 아무리 노래를 해도요, 시원 하지 않았어요. 아무것도 덜어지지 않았으니까요. 마음이. 슬픔 의 찌꺼기 같은 게 계속 남았어요. 카페에서 슬픔에 젖어, 어느 날, 음, 아포가토를 먹다가, 그 카페에서 흘러나오던 노래를 듣다 가, 영영 떠날 곳을 정해버렸어요. 그를 처음 만났던 카페였어요. 그 나라로 가기로 했어요. 카페에서 흘러나오던, 그 음악의 고장 으로요. 저런 노래라면 후련하고 깨끗하겠어. 완전 그러겠어. 평 생을 불러도 좋겠어. 부르다 죽어도 좋겠어. 그 노래가 있는 나라, 그 노래를 부르는 사람들이 사는 나라, 그곳은 참, 그곳은 참 좋 은 울음 터겠어⋯⋯. 그런 생각이 문득 들고, 걷잡을 수 없어졌어 요. 그래서 떠났죠. 잘 있거라, 짧았던 밤들아 떠돌던 겨울 안개 들아 그러면서요. 난 그런 사람이니까요."

정자는 물을까 말까 망설였다. 어떤 사랑이었니. 얼마큼 어떻게 사랑했니. 그는 아포가토를 좋아했니. 혹시 에스컬레이터의 그가 그니. 네가 사랑했던 사람은 어찌되었니. 그냥 너를 떠나고 만 거니. 혹시 더 불행한 사태가 그에게 있었던 거니.

유리의 이야기에는 묘하게도, 잃은 사랑의 구체적인 대상이 쏙 빠져 있었다. 홀로 남은 사람의 비통함만 강조될 뿐, 비통하게 만든 사람의 흔적은 잡히지 않았다.

정자는 곧 모든 궁금증을 지워버렸다. 서령 씨의 말대로 유리의 기억이라는 것은 유리의 입을 통해 나오는 것이 전부였다. 그 이상은 없었다. 더는 알아낼 수 없었다. 거기까지였다. 그것으로 아주 끝.

일방적으로, 기계적으로 재생되는 기억 같은 것이었다. 비통했다, 고 말할 때도 유리의 표정은 전혀 비통하지 않았다. 죽을 것 같았다, 는 말도 짜장 라면을 먹고 싶었다, 는 말의 느낌과 다르지 않았다.

유리의 이야기는 왠지 얇고 매끈매끈하고 딱딱한 플라스틱 책받침 같았다. 감정이 없었다. 유리의 천연스러운 말을 듣다 보면 한순간 오싹 추워졌다.

"나는 그곳에서요, 파디스타가 되어 밤낮 노래해요. 떠난 사랑을 원망하고 그리워하며, 떨리는 몸으로 땅을 흔들며, 검은 운명을 노래해요."

§

그러다가 유리는 어느 순간 잠에서 깨어나듯 '무한한 안도'에 대해 얘기했다. 실은 전날 유리의 꽃 정원 무덤가에서 했던 말의 연속이었다.

그 무덤이 진짜 엄마의 무덤인 줄 알았다는 것. 그래서 꽃을 가꾸고 그곳에서 삼촌의 반주에 맞추어 몸을 떨며 슬픔을 노래했는데, 그 무덤에 후손이 따로 있다는 사실을 알고 무한히 안도했다는 얘기. 세상의 유일한 우리 엄마는 애비로드의 경난주다! 이 말을 떠올릴 때마다 얼마나 무한히 안도가 되던지 잠을 못 자도 밥을 안 먹어도 졸립지도 배고프지도 않다는 얘기.

유리는 '안도'라는 말 앞에 언제나 '무한한'을 붙였다. 그게 한 단어 같았다.

안도라는 말도 무한한이라는 말도 여섯 살 될락 말락 한 다섯 살의 유리에게는 안 어울리는 말이었다. '사랑을 잃고 나는* 부르네'의 어른 유리가 말하는 것 같았다.

그런 얘기를 정자는 듣고 있었다. 브루스도 이미 아는 내용이었지만 꼼꼼히 통역했다.

유리의 얘기를 주방의 난주 씨도 듣고 있었다. 난주 씨에게도 새삼스러운 얘기는 아닐 거라고 정자는 생각했다. 그 무덤에 후손이 있다는 사실을 유리에게 말해 준 사람이 다름 아닌 난주 씨일 테니까. 난주 씨에게 그 얘기를 듣고 유리는 비로소 '무한한 안도'를 하게 된 걸 테니까.

그토록 안도하는 유리의 모습이 난주 씨에게 나빠 보일 리 없었다. 흐뭇하면 흐뭇했지. 그래서 유리도 엄마가 듣는 데서 말하는 거였을 테고.

명백한 엄마를 앞에 두고 상상의 친모를 만들어 유달리 청승을 떨었던 어린 유리를 난주 씨는 웃으며 나무랄 수도 있었다.

난주 씨의 낯빛은 그러나 그게 아니었다. 냉장고 문을 열고 비닐봉지에 든 커다란 닭을 꺼내던 난주 씨의 표정이 어둡게 굳었다. 동작도 어딘가 부자연스러웠다. 음식을 준비할 때 난주 씨에게서 보이는 독특한 활력이 조금도 느껴지지 않았다.

그런 난주 씨에게서 정자는 자신의 한때 모습이 한순간 스쳐 가는 것을 보았고, 깜짝 놀랐다. 먼 타국에서 브루스를 만나고 나이 많은 의붓딸들과 함께 지내던 시절 어떤 한순간의 자신.

정자는 주방 조리대로 걸어가 난주 씨의 등 뒤에 섰다. 난주 씨의 어깨 위에 손을 얹었다. 왠지 그래야만 할 것 같았다. 찜통에서 김이 피어오르기 시작했다.

괜찮냐고, 왜 그러냐고 섣불리 입을 열어 물을 수 없었다. 묻지는 못하고 정자는 난주 씨의 어깨에 손을 얹은 채 그녀가 움직이는 대로 조금씩 따라 움직이며 딴소리를 했다.

"음, 맛있겠다. 맛있겠어요."

§

난주 씨의 그런 낯빛이 처음은 아니었다.

정자는 어느 밤 우연히 보았던 난주 씨의 표정을 마치 아주 오래된 기억인 양 떠올렸다.

애비로드에 온 지 이틀인가 사흘째 되던 날 밤이었다. 평창의 숲, 밤, 애비로드, 드나드는 사람들 모두 익숙지 않던 때였다.

자주 물을 켜는 브루스 때문에 물병을 채우려고 주방으로 향하던 정자는 주방 탁자의 두 모녀를 보고 걸음을 멈추었다.

늦은 시각이긴 했지만 한밤중은 아니어서 주방에 불이 켜져 있는 것도 난주 씨와 유리가 마주 앉아 있는 것도 이상할 게 없었다.

다만 두 모녀의 대화를 방해하는 것 아닐까 그게 조금 조심스러웠다. 다른 불은 다 꺼지고 두 사람이 앉은 식탁에만 전등이 켜져 있어서 주방 분위기는 아늑하고 따뜻했다. 단란한 모녀의 그림에 꼭 어울리는 불빛이었다.

걸음을 떼지 못하고 있던 정자는 모녀가 대화를 나누는 게 아니라는 사실을 깨달았다. 유리가 탁자 위에 손을 포개고 그 위에 한쪽 뺨을 댄 채 자고 있었다. 그런데도 난주 씨의 말은 계속 이어졌다.

그것은 어떤 이야기였다. 작고 나지막한 목소리로 들려주는 이야기. 잠들기 전에 읽어주는 동화인가 싶었지만 난주 씨 앞에는 어떤 책도 놓여 있지 않았다.

그러나 꼭 책을 읽듯, 얼마쯤은 나른하게, 난주 씨는 이야기를 이어나갔다. 그것은 대체로 한 사람의 여성에 관한 이야기 같았는데, 그 여성이 좋아했던 음식, 그 음식을 먹는 모습, 좋아하는 운동화를 사면 반드시 그것을 신고 여행을 떠나고야 마는 그녀의 습관 등에 관한 것이었다.

왠지 방해해서는 안 될 것 같은 분위기여서 정자는 난주 씨의 이야기가 끝날 때까지 기다려야 할지, 물을 포기하고 객실로 다시 조용히 돌아가야 할지 결정하지 못했다.

난주 씨의 말은 대화도 아니었고 책을 읽어주는 것도 아니었고 그렇다고 딱히 이야기라고도 할 수 없는 내용이었다. 그것은 한 사람에 대한 소소한 신변 정보 같았는데, 느슨하고 방만해 보여도 어딘지 모르게 보고나 발표, 혹은 진술 같은 느낌마저 들게 했다.

진술 같은 느낌이 든 것은 난주 씨가 자신도 모르는 내면으로부터 전해져오는 이미지 정보를 자신의 말로 바꾸어 전달하는 것 같다는 생각이 들었기 때문이었다. 최면 의자에 반쯤 잠들어 무의식의 풍경을 진술하는 내담자처럼.

그러나 잠든 쪽은 유리였고 말하는 쪽은 난주 씨였다. 난주 씨는 깨어 있었다. 깨어 있는 난주 씨가 잠든 유리에게, 귓속말하듯 가만가만 속삭였다.

유리가 난주 씨의 말을 듣다가 도중에 잠든 것이 아니라, 어쩌면 유리가 잠든 뒤에야 난주 씨의 말이 비로소 시작된 것인지도 몰랐다.

그렇지 않고서야 어째서 잠든 아이 앞에서 이야기를 멈추지 않는다는 말일까. 말의 내용도 난주 씨 자신에 관한 것이 아닌, 한때 매우 가까운 사이였을 어떤 여성 후배나 동생에 관한 신변 정보였다.

갠 한시도 가만히 있질 못했어. 난주 씨는 말했다. 나와 두 시간 동안 만나는 건데도 최소한 세 번은 새로운 장소로 옮겨야 했거든. 그러니 안 가본 데가 없지, 걔는……. 혼자 말하는 난주 씨의 표정이 어딘가 심각하고 어두웠다. 말의 내용과 표정 사이에 어떤 연관이 있는 것인지 정자로서는 알 수 없었다.

그 여성은 모든 곳을 다 돌아다니고 더는 지구상에 갈 곳이 없어 저승에라도 갔다는 말일까, 라는 생각에 휘청거린 것은 정자였다.

엉뚱한 생각만은 아니었다. 난주 씨의 표정이 그만큼 어두웠기 때문이었다. 모녀가 마주 앉은 저녁 식탁의 따뜻한 불빛과는 안 어울리게, 난주 씨의 그날 저녁의 낯색은 짙고 낯설었다.

그런데 난주 씨가 말하는 개라는 여인은 누구일까.

정자는 어두운 벽 모서리에 서서 오랫동안 움직이지 않았다. 두 모녀의 야릇한 풍경을 훔쳐보았다. 어찌하다 보니 그리 되었다.

난주 씨의 이야기가 그치지 않는 것은 어쩌면 멈추지 않는 노래 때문일지도 모른다는 생각이 문득 들었다. 실은 정자가 물을 가지러 애비로드의 거실 겸 작은 식당으로 들어설 때부터 들려오던 음악이 있었던 것이다.

가슴 밑바닥부터 끓어오르는 듯한 파두의 선율. 난주 씨에게서 숨처럼 흘러나오는 이야기와 어두운 표정은 저 그칠 줄 모르는 탄식의 노래와 어떤 관련이 있는 것일까.

알 수 없었다. 정자는 이러지도 저러지도 못하고 어두운 벽 모서리에 언제까지고 기대어 서 있었다. 잠든 유리의 머리 위로 난주 씨의 이야기와 파두의 선율이 겹겹이 떨어져 쌓이는 것을 바라보며.

§

　그러고 보니 어두운 낯빛과 표정에 관해서라면 얼마든지 더 떠올릴 수 있겠다고 정자는 생각했다. 난주 씨의 그날 표정과 오늘의 낯빛, 난주 씨의 표정에 불현듯 투영되던 정자 자신의 한 시절 어두움. 그리고 뉴욕 한 공원에서 맞닥뜨렸던 브루스의 눈빛.

　뉴욕 11월의 어느 날, 스트로베리 필즈를 걷던 정자는 공원 벤치에 조형물의 일부처럼 붙어 있는 브루스를 처음 보았다. 그에게서는 1밀리미터의 움직임도 느껴지지 않았다. 어디선가 기타 소리가 들렸고 노랫소리도 들렸다. 하늘은 잔뜩 흐려 있었고.

　정자는 그날 어째서 자신이 11월의 센트럴 파크를 걷고 있는 건지 몰랐다. 자신의 처지를 돌아볼 만큼 여유롭지 않았다. 흐린 하늘 밑 공원을 가로지를 이유나 목적이 있었겠으나 늙고 초라한 남자의 언 눈빛과 맞닥뜨리기 전에는 까맣게 잊고 있었다.

　남자의 몸이 풀리는 데 적지 않은 시간이 걸렸다. 겨우 움직임을 회복한 그가 혼자 중얼거린 말은 'I'm shot!'이었다. 총에 맞은 것은 아니나 총에 맞은 것과 다름없는 표정이었다. 길을 걷던 누구도 그의 말에 관심을 두지 않았다.

　그의 깊고 어두운 눈빛과 마주쳤을 때 정자는 자신이 사랑을 잃고 오랜 날들을 쏘다녔다는 사실을, 마치 문득 깨닫는 것처럼 깨달았다. 자신에게 닥쳐 있는 불운과 지독한 외로움을 낯선 남자의 텅 빈 눈빛이 생생하게 되비추었다.

그 한순간의 눈빛이 정자의 생애를 아프게 꿰뚫었다. 영어도 잘 몰랐던 왜관 열쇳집 시골 처녀가 해외 취업 브로커에 속아 중부 뉴욕주의 공장형 농장에 닭 발골사로 팔려온 것과, 어쩌다 사랑하게 된 남자의 도움으로 농장에서 도망칠 수 있었으나 오래 못 가 그에게서 버림받고 뉴욕 거리의 리어카 노숙에 이르게 된 것까지.

자신과 그다지 다를 것 없는 차림새의 늙은 남자를 보면서 정자는 비로소 자신이 어디에 다다랐는지 화들짝 깨달았다. 그리고 자신의 운명이 이제 막 다시 새롭게 시작되었음을, 정자는 흐린 날의 스트로베리 필즈에서 퍼뜩 알아차렸다. 기타 소리와 귀에 익은 노랫소리가 들리는 공원에서.

그 느낌은 머리나 가슴을 통해 전해진 것이 아니라 남자가 내민 창백한 손의 미열을 타고 정자에게로 흘러들었다. 그가 브루스였다.

운명이라는 것의 미래는 점칠 수 없다는 걸 정자는 너무도 잘 알았다. 앞날에 대한 기대로 그의 손을 잡은 것은 아니었다. 뉴욕의 흐린 11월의 하늘, 그리고 어디에선가 들려오던 기타 반주와 젊은 남자의 노랫소리. 운명을 결정짓는 것은 오히려 그런 것일지도 몰랐다. 그날 정자에게 남아 있었던 다짐이라면, 자신의 생 앞에 닥쳐오는 것들을 두려워하지도 미워하지도 말자는 것이었다.

실은 오늘 낮에도 정자는 브루스의 눈빛을 보았다. 오랜만에 보았다. 스트로베리 필즈에서 보았던 그 텅 빈 눈빛을.

낮에 마트청년이 애비로드에 잠깐 다녀갔다. 감자와 꽈리고추, 커다란 토종닭을 배달해 주고 갔다.

마트 트럭 조수석에는 여전히 '청년의 심장'인 기타가 자리하고 있었다. 트럭이 애비로드 입간판을 지나 케일밭 사이로 난 길을 따라 멀어졌다.

그 뒤를 브루스가 따랐다. 그의 걸음걸이로 트럭을 따라잡는다는 건 불가능했다. 그러나 브루스는 트럭을 따라잡을 듯 뒤따랐다. 그 광경을 정자가 지켜보고 있었다.

트럭은 쏜살같이 멀어졌고 브루스의 걸음은 점점 더뎌져 시곗바늘처럼 느려지다가 멈추었다. 브루스는 한참동안 케일밭 사이에 난 길 위에 서 있었다.

언제 돌아오려나. 정자는 애비로드 간판 앞에 서서 브루스가 돌아오기를 기다렸다. 그는 좀처럼 움직일 줄 몰랐다. 9월 마지막 날 오후의 햇볕이 브루스의 흰 정수리에 떨어져 내렸다.

브루스와 브루스가 서 있는 길과 그 길 양쪽에서 자라는 케일과 먼 산과 높은 하늘이 사진처럼 정지해 있었다. 숨 막히게 오래도록 정지해 있었다.

정자는 천천히 브루스가 서 있는 쪽으로 걸음을 옮겼다. 모든 것이 정지한 그림 속에서 정자만 조금씩 움직였다.

브루스에게 다다라 정자가 본 것은 그의 뻥 뚫린 눈이었다. 말할 수 없이 놀라운 것을 듣거나 보아서 넋이 나가버린 눈빛.

브루스는 입술을 움직거렸으나 입에서는 아무 소리도 새어 나오지 않았다. 움직거릴수록 검은 입만 더 동굴처럼 깊어질 뿐이었다.

정자는 왜 그러냐고 그에게 묻지 않았다. 스트로베리 필즈에서도 그랬듯이.

그의 눈빛이 암시하는 미래를 읽을 수 없었다. 역시 그런 건 알수 없는 거니까. 그것이 무엇이든 두려워하거나 미워하지 않을 뿐.

"브루스. 이제……여기서 옮길까?"

대신 정자는 다른 걸 물었다.

브루스가 정자를 빤히 바라보았다.

"오래 있었어, 브루스. 애비로드에."

브루스가 고개를 천천히 가로저었다.

"다른 곳도 좀 둘러봐야지. 한국은 넓으니까."

브루스는 고개를 크게 가로저었다.

§

난주 씨가 닭찜을 식탁 위에 올렸다.

김이 무럭무럭 났다. 커다란 옹기 뚜껑에 담아 내온 닭찜은 먹음직스러웠다. 정자와 브루스와 유리가 의자를 당겨 앉았다.

난주 씨의 얼굴빛이 돌아와 있었다. 닭찜을 식탁 위에 옮겨놓는 기세도 여전했다. 저런 얼굴빛과 기세여야 음식 맛도 나는 거지. 정자는 속으로 생각했다.

"자아, 곰취막뜯어먹은닭찜입니다."

난주 씨가 자랑스런 말투로 말하고 양손을 허리에 얹어 거만한 자세를 취했다.

이제 괜찮아진 거예요? 라고 묻는 대신 정자는 난주 씨에게 장난스럽게 말했다.

"흥, 아까는 묻는 말에 고개도 끄덕이지 않았으면서……."

"언제요?"

"곰취마구뜯어먹은닭찜이냐고 물었을 때."

"아, 곰취마구뜯어먹은닭찜이 아니라 곰취막뜯어먹은닭찜이니까요. 그래서 고개를 끄덕이지 않았겠지, 하하."

"그거나 그거나."

"막 뜯어먹었다는 건 마구 뜯어먹었다는 뜻이 아니라 지금 막,

방금, 뜯어먹었다는 뜻이거든요. 곰취막뜯어먹은닭찜."

"엉터리."

"레토릭이에요. 미안해요. 죽은 닭이 어떻게 방금 곰취를 뜯어먹었겠어요. 방금 곰취를 넣었다는 뜻이에요. 봐요. 곰취 색깔이 살았잖아요. 미리 넣으면 빛깔도 죽고 질겨져요. 그래서 먹기 직전에 살짝 얹는 거죠. 색이 너무 이쁘잖아요? 부드럽기도 하고, 향도 훨씬 좋고."

맛간장에 살짝 졸여진 닭고기, 감자, 당면 위에 꽈리고추와 곰취가 푸르고, 군데군데 빨간 대추가 반들거려 예뻤다. 아닌 게 아니라 방금 넣은 것이 아니라면 곰취 색깔이 그토록 고울 것 같지 않았다.

"막을 마구라고 해서 죄송합니다. 잘 먹겠습니다."

훌륭한 음식에 대한 감사를 겸해 정자는 고개를 숙였다. 그리고 내 고향에서도 닭찜을 잘해, 라고 브루스에게 말했다. 난주 씨와 유리는 정자의 영어를 알아듣지 못했다.

브루스가 고개를 끄덕였다.

"내 고향에는 언제 갈 건데?"

정자가 물었고 브루스가 자기 앞접시의 당면을 천천히 다 빨아먹은 뒤 말했다.

"나중에, 나중에."

"언제?"

"나중에."

정자는 브루스가 어째서 떠남을 자꾸 연기하는지, 평창에만 하염없이 머무르려 하는지 알지 못했다.

궁금했으나 한 입 베어 문 닭찜 맛에 그만 궁금증이 싹 달아나 버렸다. 정자는 눈을 동그랗게 뜨고 신음을 흘렸다.

"세상에! 음, 음. 으으으음. 맛있어."

서령
연속된 여섯 번의 행운

떡볶이집에서 이류을 처음 만났다. 청학리 미친 떡볶이집. 서령
은 그날을 떠올렸다.

만나자고 먼저 연락한 것은 서령이었고 떡볶이집에서 보자고
한 것은 이류이었다.

"어떻게 알아요, 그 떡볶이집을?"

서령이 물었다.

"저한테 보낸 떡볶이가 그 동네 떡볶이 아니었던가요?"

이류이 되물었다. 전화 음성이 달콤했다.

"이곳 떡볶이는 맞는데……그게 왜 그쪽으로 간 거죠?"

"법성포 굴비 아저씨가 갖다주었으니까요."

"그분이 왜 그걸 그쪽에다……."

"그러게요. 모르겠어요. 어쨌든 진짜 진짜 맛있게 먹었고, 그런 거 먹게 해줘서 고맙고, 만나자고 하시니 이왕이면 진짜 진짜 맛있는 떡볶이집에서 만나고 싶은 거죠. 자연스럽잖아요."

하나도 자연스럽지 않았으나 그의 목소리가 워낙 좋아서 금방 자연스러운 일처럼 여겨졌다.

"진짜 진짜 맛있는 떡볶이집이 아니에요."

서령이 말했다.

"진짜 진짜 맛있던데."

이륙이 말했다.

"미친 떡볶이집이에요. 떡볶이집 이름이."

"어쩐지 정신없게 맛있더라니."

"그쵸? 식어도 불어도 맛있죠? 이상하게 맛있어요."

"그러니까 그 집에서. 네. 미……친 떡볶이집에서 봐요."

경비실을 떠올릴 때처럼 떡볶이집의 첫 만남을 떠올리면 서령은 금방 아스라해지며 마음이 따뜻해졌다. 맵지만 매워서 자꾸 더 먹게 되는 맛있는 떡볶이가 몸 안에 가득 찬 것 같았다. 이륙에 대한 원망이 눈 녹듯 사라졌다.

경비실은 그의 목소리를 처음 만난 곳이었고 떡볶이집은 그의 모습을 처음 대한 곳이었다. 서령은 그 두 곳을 '초기 사랑의 성지'라고 불렀다.

초기 사랑의 성지를 맹렬히 떠올리며 속내를 달래야 할 만큼 서령의 요즘 심사는 사뭇 어지러웠다. 두 사람의 몸을 하나로 단단히, 빈틈없이 연결하던 일심동체의 끈 어딘가가 매우 취약해져 있거나 더러는 끊어진 게 아닐까 싶을 만큼 서먹하고 미심쩍을 때가 많았다.

애비로드에서 이틀 밤을 묵고 서울로 돌아가던 지난 주말에도 그랬다.

서령과 이류은 영동고속도로 위를 달렸다. 설핏 기운 가을볕이 산등성이에 따뜻하게 내려앉았다. 그처럼, 언제나 시작의 풍경은 나쁘지 않았다.

차창 밖으로 지나치는 나무들을 바라보다 서령이 물었다.

"저, 저 나무는 이름이 뭐야?"

이류은 언제나처럼 친절하게 대답했다.

"배롱나무잖아. 목백일홍이라고도 해. 백 일 동안 꽃을 피운다고 해서 백일홍."

"저것도 심자."

"그러자."

예쁘거나 기품 있는 나무들을 보면 평창에 새로 지을 집에도 꼭 심자면서 서령은 나무를 사진으로 찍거나 이름을 메모했다.

"굴참나무도 적어뒀어?"

이륙이 물었다.

"그 나무는 못생겼어. 아무렇게나 자라잖아. 엄청 크고."

"떡볶이집 창밖에 서 있던 나무인데 그걸 어떻게 빼?"

"그렇담 빼면 안 되지. 굴-참-나-무도 메모."

"조팝나무도. 신혼여행 숙소 식당 창밖에 피어 있었어. 당신이 예쁘다고 했었거든."

그렇게 나무를 추억하고 메모하며 달리다가 휴게소에 들렀다.

"먹고 싶은 거 없어. 오줌도 안 마려운데."

서령이 말했고,

"이제부턴 당신이 운전해."

이륙이 갑자기 단호해졌다.

"아직 못 해. 지프는 무서워. 버스 같아."

"언제까지 무서워만 할 거야? 해봐. 고속도로가 외려 안전해."

"싫어."

"해. 할 때가 됐어."

"지프보다 지금 자기가 더 무서운 거 알아?"

서령은 왈칵 눈물이 쏟아질 것 같았다.

"언제까지 내가 모는 차를 탈 거야? 당신이 애야?"

"오늘까지만 자기가 해."

"하여튼 해. 보일러 수압 맞추는 것도 이젠 당신이 해. 그렇게 쉬운 일도 못 해서 사람이 어떻게 살아?"

"자기 왜 그래? 무서워 죽겠다구."

이륙의 낯빛이 갑자기 어두워졌다. 서령은 무르춤했다. 고개 숙인 이륙의 어깨에 가만히 손을 얹고 말했다.

"할게. 미안해. 하면 되잖아."

이륙이 고개를 들고 서령을 물끄러미 바라보았다. 한참을 바라보다 말했다.

"당신 말야……."

어느새 이륙의 목소리가 한껏 낮고 부드러워져 있었다.

"말해, 뭐든."

서령은 맘이 조금 놓였다.

"그 산소……받아들이면 안 될까, 그냥?"

§

무덤을 집 안에 두자는 얘기? 서령은 대답하지 못했다. 이륙은 그런 말도 안 되는 소리를 하는 사람이 아니었다. 당장은 무덤이 문제가 아닌 것 같았다. 자꾸 이상해져 가는 이륙을 대하기가 힘들다는 게 더 큰 문제였다.

그날 서령은 탱크 같은 지프를 쩔쩔매며 몰았다. 겁이 나서 정신이 하나도 없는데 이륙은 옆에 앉아 이런저런 이야기를 늘어놓았다.

"애비로드와 이웃해 살게 돼서 여러모로 편해. 강원도에 사는 일에 관해서는 유리 어머님이 완전 선배잖아. 도움이 많이 된다구. 가까운 데에 도예촌도 있어서 당신이 좋아하는 도자기를 직접 배워 구울 수도 있어. 그뿐인가. 세계적으로 유명한 전각 공예가도 있고 나염 기술자도 있잖아. 다 배울 수 있어."

저런 얘기를 뭣 하러 저렇게 폼을 잡고 심각하게 말하나 싶어 서령은 이륙의 말을 끊었다.

"아아, 도자기고 나염이고 나는 몽매에도 사랑하는 당신만 있으면 되네요. 언니와는 이미 이웃해 살기로 한 거잖아. 바로 옆인데 안 그럴 수도 없는 거고. 참 당연한 얘길 왜 자꾸 해? 나도 시골에 집 짓는 거 대찬성이잖아. 자기보다 더 좋아. 걱정 말고……."

산소 치울 생각이나 하쇼, 라고 말하려다 서령은 입을 다물었다. 산소를 받아들이는 게 어떻겠느냐고 그가 진지하게 말한 게 겨우 10분 전이었으니까.

이륙이 전에 없이 답답하고 이상하고 서운했으나 서령으로서는 어찌할 방법이 없었다. 자신에게 닥친 애로를 헤쳐 나가는 데는 쫑인 사람이 서령이었으니까.

모든 걸 이륙에게 의지해 왔지만 이번에는 이륙의 문제라서 이륙의 도움을 받을 수 없었다. 이것은 이륙 밖의 문제가 아닌 이륙 안의 문제. 이럴 때 서령으로서는 맹렬히 과거로 돌아가 떡볶이처럼 뜨겁고 달콤한 추억에 깊숙이 빠지는 수밖에 없었다.

'인간은 노동하는 동물이지만 인간은 쉬고 싶은 동물이며 그중에는 아무것도 안 하고 싶어 하는 인간이 있는 것이다.'

서령이 쓴 원고를 이륙이 읽었다. 미친 떡볶이집에서 처음 만난 날이었다. 서령은 그때를 떠올렸다.

"'있는 것이다'를 '있는 것입니다'로 해야 좋을 것 같아요. 그래야 좀 더 호소력 있어 보이거든요."

이륙이 말했고 서령이 고개를 끄덕였다. 어딘가 전문가다운 말이라고 생각했다. 서령도 이륙도 떡볶이를 하나씩 집어먹었다.

서령이 이륙에게 의뢰할 녹음 원고였다. 둘이 만나게 된 것은 그 일 때문이었다.

내가 나를 홍보하는 글을 과연 쓸 수 있을까. 서령은 며칠 고민했다. 그러다가 경비실에서 보았던, 글 쓰는 작가라고 자신을 소개했던 여자의 코딱지를 떠올렸다. 코딱지의 기억이 선명해지는 순간 나도 쓸 수 있겠다는 이상한 자신감이 생겼다.

이륙은 '······입니다'로 바꾸어 읽기 시작했다.

'저는 그런 사람입니다. 아무것도 안 하고 싶어 하는 것은 아니지만 돈 버는 일은 하고 싶지 않습니다. 저는 돈을 벌 줄 모르며, 돈 버는 일은 생각만 해도 머리가 깨질 것 같습니다. 돈 안 벌고 싶은 사람에게 돈 안 버는 일은 정당하다고 생각합니다. 그 무엇도, 인간에게 반드시 일을 해서 돈을 벌라는 명령을 내린 적이 없습니다. 그런 명령이 있었대도 저는 거부했을 것입니다. 돈 안 벌어서 생기게 되는 어떤 사태도 전적으로 제가 감당하므로, 돈 벌기 싫어서 안 버는 것은 정말 정당하고 정당한 일입니다.'

서령은 자기가 쓴 글이 마음에 들었다. 이륙의 좋은 목소리와 전문적인 발음으로 들으니 믿기지 않을 만큼 훌륭한 글 같았다.

'저의 아버지는 열심히 일하는 사람입니다. 환갑이 넘었지만 아직은 모자라지 않게 돈을 벌고 있습니다. 저는 그런 아버지께 생활비를 받아 살아갑니다. 일하고 돈 버는 사람이 일 안 하고 돈 안 버는 가족에게 경제를 나누는 일 또한 매우 정의로우며 자연스러운 일이라고 생각합니다. 저는 아버지께 무한히 기대지는 않습니다. 현관이 주인집과 독립된 여덟 평짜리 청학리 아파트 건넌방에 세 들어 사는 것도 그 때문입니다. 아끼고 아끼며 살아가고 있습니다. 한시도 아버지에 대한 존경과 감사를 잊은 적이 없습니다.'

"그런데요······저어."

서령이 이류의 낭독을 끊었다.

이류가 낭독을 멈추고 서령을 바라보았다.

"말씀하시죠."

"비싼가요? 녹음비……그것부터 물었어야 하는 건데."

그러면서 서령은 원고 중의 '아끼고 아끼며 살아가고 있습니다'라
는 문장을 머뭇머뭇 손가락으로 가리켰다.

"녹음 스튜디오 빌리는 값은 깎을 수 없어요. 제가 어떻게 할
수 있는 부분이 아니라서요. 그리고 제 아나운싱비는, 아……글
쎄요. 이번이 저에게는 특별히 의미 있는 녹음이라서요. 아나운
싱비는, 네, 나중에 말씀드리면 안 될까요?"

"의미요?"

"네. 하여튼 그것도 나중에……. 그리고 제작비보다는 홍보비
가 더 들 텐데요. 어떤 매체를 이용하실 건지?"

"비용 거의 들지 않는 인터넷 개인 홍보 사이트를 알아놨어요."

"아, 예. 예."

이류는 다시 원고를 읽어 내려갔다.

'노동하는 동물이 노동하지 않는 동물을 사갈 수는 없을까요.
저는 저를 팔고 싶습니다. 금전적 대가를 바라는 것이 아니니 파
는 거라고 할 수 없겠네요. 먹고살게 해주는 거니 그것도 금전적
대가라고 할 수 있겠네요. 하여튼 나이 든 아버지에게서 다른 이

에게로 이동하려는 것인데 저 같은 사람이 필요한 분 없을까요. 저는 지금껏 경쟁이라는 것을 모르고 살아왔습니다. 경쟁하고 싶지 않아서 경쟁을 안 해버리고 말았습니다. 그래선지 성질이 뾰족하지도 사납지도 않습니다. 욕심은 당연 없고요. 정말 그렇습니다. 유약하며 감동을 잘하고 작은 일에도 눈물을 글썽이는 서른두 살의 여자입니다. 철이 없지만 솔직하고, 사는 걸 대체로 즐거워하는 편입니다. 제가 필요하신 분은 언제든 연락 바랍니다. 하지만 팔리고 안 팔리고는, 미안하고 미안합니다만, 제가 결정합니다. 저는 겁이 많은 사람이라서 낙찰은 제가 해야 합니다.'

거기까지 읽은 이류이 얼굴 가득 웃음 지었다. 입을 한껏 벌린, 소리 없는 웃음이었다.

비웃거나 조롱하는 웃음을 그런 식으로는 도저히 웃을 수 없는 거라고 서령은 생각했다. 그의 웃음이 목소리만큼 마음에 들었다.

"그런데요, 이건 여성 아나운서가 녹음해야 할 것 같은데요."

그가 말했다.

"여성……이요?"

서령이 되물었다.

"그래야 어필이, 네, 더 되지 않을……까요?"

"그럼 아나운서님이 못 하게 되는 거잖아요. 저는 대박 나는 아나운서님의 마성의 목소리가 꼭 필요한 거니까……. 살 사람 있겠죠? 아나운서님의 목소리라면?"

"말이 좀 이상해졌습니다만, 어쨌든 여성을 판다는 건데……남자 목소리로 하면 좀."

"저어……꼭 남자한테만 사달라고 하는 건 아닌데요."

"엑?"

이류이 깜짝 놀랐다. 곧이어 그는 자기 머리를 벅벅 긁고 툭툭 때리며 아, 그랬군요. 그런 거군요. 아, 이 바보 같은……이라면서 연속해서 떡볶이 두 개를 집어삼켰다.

"자책하지 마세요. 아나운서님 말이 맞아요. 여자 홍보하는 거니까 여자 목소리가 더 낫겠죠. 하지만 아나운서님만큼 마성 있고 대박 나는 목소리는 없잖아요."

"제가 사면 안 될까요?"

이류이 불쑥 말했다.

"아나운서님이요?"

놀라는 시늉을 했지만 정말 놀라지는 않았다. 서령은 스스로도 그게 참 이상했다.

"아까 하려다 만 말인데요……개인 홍보 녹음 작업으로는 이번이 여섯 번째거든요."

"개인 홍보 녹음 작업은 여섯 번째……."

"네. 굴비나 다용도 크린 은박 깔판 판매용 녹음 시디 같은 것 말고요, 개인이 본인 홍보용으로 음성 파일을 만드는 거요."

"아."

"군의원 시의원 선거용 홍보 파일을 네 건 제작했고요, 부장급 경력사원 응시 프로파일용 피알 음성 파일을 한 건 했지요. 그러니까 이번이 여섯 번째라는 말입니다."

"아, 네. 여섯 번째."

"제 이름이 류이잖습니까. 이류."

"그렇네요, 이……류."

"이번 녹음이 저에게 특별한 의미가 있다고 말한 건 그 때문이었지요. 여섯 번째. 그리고 이류. 말씀을 좀 더 드려도 될까요?"

"그러시죠. 떡볶이도 남았는데."

§

실은요, 제 이름은 이류이 아니었습니다, 라고 그는 잘못을 비는 사람처럼 말했다. 그 모습이 서령에게는 공손하게 보였다. 원래는 성순이었다고 했다. 이성순.

그러나 그 이름도 처음엔 누이의 이름이었다. 누이는 출생한 지 석 달 만에 죽었고, 사망신고를 해야 했으나 그대로 뒀다가 이류이 태어나자 부모는 그에게 죽은 누이의 이름을 주었다.

사망신고와 출생신고의 번거로움을 피하기 위해서였다는데 그러자니 이륙의 주민등록 나이는 실제보다 두 살이나 많았다.

이성순이라는 이름이 싫었던 건 아니었어요. 죽은 사람의 이름이라는 생각도 여자 이름이라는 생각도 없었다고 그는 말했다.

성순이라는 이름은 출세한 남자의 이름으로도 종종 그의 눈에 띄었다. 나쁠 것 없는 이름이라고 생각했다. 그러나 나중에 이름을 바꾸고 싶어졌을 때 이성순에 대해서는 미련도 망설임도 남지 않았다.

이름이 싫어져서가 아니라 새 이름이 필요했고 간절했기 때문이었다. 그는 류이라는 이름을 갖고 싶어 했다. 이륙이라는 이름이 자신을 부른다고 생각했다. 부름을 거부할 수 없었다. 그래서 그는 이성순에서 이륙이 되었다.

여섯 번째 고비를 잘 넘기기만 하면 행운이 따르기 시작했기 때문이죠. 처음부터 그 사실을 안 건 아니었다. 처음 종합 주방용품 가두 판매 트럭의 제안을 받았을 때는 자존심이 상했다.

아나운서 실습 녹음실을 빌려 수세미, 테이블 매트, 채반, 내열 유리 뚜껑, 크린 장갑, 싱크대 비닐 걸이를 시중 가격보다 반값에 판다는 원고를 녹음할 때 그는 조금 울었다.

그러나 이것저것 가릴 형편이 아니었다. 번번이 아나운서 실기 시험에 낙방했고 나이가 들어 더는 응시할 수조차 없게 된 터였다. 그는 눈물을 머금고 수납-청소-욕실용품 거리 판매, 커튼-카페트 이동 판매, 사무용품-키덜트-취미용품 트럭 판매 등의 가두 방송용 시디를 녹음했다.

자괴감을 억누르려다 보니 그의 녹음이 차분하고 점잖게 진행된 것이었는데 나중에는 그것이 그의 브랜드가 되어 자괴감에서 완전히 벗어난 뒤로도 그는 계속해서 처음의 톤을 유지했다.

'크게 움직이는 농협: 쌀-청과-농수축산물 가두 행진'을 녹음하고 났을 때 그는 일약 수도권 트럭 행상들의 스타가 되었음은 물론 전국에서 쇄도하기 시작한 녹음 의뢰에 비명을 질러야만 했다.

이미 공영방송 12년차 황 아무개 인기 아나운서의 연봉과 맞먹는 수익을 올리고 있었는데 그는 성공의 이유를 '연속된 여섯 번의 행운'에서 찾았다. '크게 움직이는 농협: 쌀-청과-농수축산물 가두 행진'도 여섯 번째 작품이었다.

그는 그때까지 겪은 크고 작은 인생의 곡절을 낱낱이 돌이켜 본 뒤, 좋은 일은 언제나 여섯 번의 연속된 행운 끝에 이어졌다는 명확한 결론에 이르렀다.

반장 한 번 못 해본 제가 초등학교 6학년 때는 전교 회장에 뽑혔었죠. 매년 반장이 되고 싶었으나 결선 투표에서 그는 늘 낙선하고 말았다. 그러나 6학년 때는 달랐다. 다른 해와는 운이 달라도 너무 달랐다.

미키마우스가 컬러로 그려진 가장 큰 풍선 뽑기에 세 번이나 연속 성공해서 문방구 아저씨를 깊은 시름에 빠뜨렸고, 페트병 잘 우그러뜨려 담기 개인부 환경 실천 경진대회에서의 두 번 우승과, 수비 선수로서는 드물게 학교 핸드볼 팀 주장에 뽑힌 것도 연속된 행운이었다.

그 결과로 6학년이 되자마자 전교 회장에 당선되었으며 그 뒤로 중고등학교를 졸업할 때까지 반장과 회장 등의 임원을 한 차례도 놓치지 않았다.

비록 유수의 방송국에 아나운서로 채용되지는 못했으나 대학 때는 교내 방송국 선배 캐스터들을 제치고 1학년 때부터 4년 연속 인기 후두 깡패 방송인으로 선출되어 줄곧 학내 뉴스를 진행했는가 하면, 지도 교수의 적극 추천과 본인의 노력으로 한국 아나운서 아카데미 장학생으로 2년 연속 선발되었다.

정말 기염을 토했죠, 정말! 이라고 말하면서 그는 말의 내용과 다르게 풀이 죽었다. 아나운서 선발 시험에 번번이 낙방했기 때문이었다.

'크게 움직이는 농협: 쌀-청과-농수축산물 가두 행진'의 녹음을 성공적으로 마치기 전까지만 해도 그는 꿈에도 그리던 방송국에 입성하지 못한 이유를 알지 못했다. 트럭 행상들 사이에서 마성의 대스타가 되고 빗발치는 녹음 의뢰에 즐거운 비명을 지르게 되면서 그는 마침내 알게 되었다. 자신의 운이 방송국이 아닌 길거리에 깔려 있었다는 것을. 그리고 큰 행운은 언제나 여섯 번의 연속된 성취 끝에 찾아왔다는 사실을.

"그러니까……여섯 번째 녹음을 반드시 성공시키기 위해 저를 산다는 말씀인가요?"

서령이 물었다.

"그럴 리가요. 그건 아니고요. 그럴 수가 있나요."

이륙이 또 잘못을 비는 사람처럼 말했다.

"새로 시작한 개인 홍보 녹음을 지금까지 다섯 번 했다면서요. 이번이 여섯 번째라면서요."

"그건 맞고요, 맞는데요."

"말해 보세요."

"이번 여섯 번째 녹음이 성공한다면 새로 시작한 개인 홍보 분야 녹음 작업도, 네, 탄탄대로겠죠. 하지만 그건 그거고요."

"말해 보세요, 계속. 아나운서님의 목소리가 좋으니까."

"무엇보다 서령 씨를 다른 사람에게, 음, 빼……앗기고 싶지 않은 거죠. 서령 씨를 처음 보자마자 든 생각이었어요."

어째선지 이륙은 그 순간 두 눈을 질끈 감았다.

"그럼 녹음하면 안 되겠네요. 녹음하면 제가 다른 사람들한테 공개 판매된다는 뜻이잖아요. 그래도 돼요?"

"안 되죠."

"안 하면 여섯 번째 연속이 끊기는 건데요. 개인 홍보 분야는 대박 못 나고 마는 거잖아요."

"제가 서령 씨를 살 수만 있다면, 네, 이런 대박이 또 어딨겠어요? 더 무슨 대박을 바라겠냐고요, 참."

"그런가요?"

"그렇죠."

"떡볶이 드세요."

"네."

서령과 이류는 그날 2인분 떡볶이를 두 접시 먹었다. 떡볶이집 창밖에는 크고 의젓한 굴참나무가 풍성한 그늘을 드리우며 서 있었고.

§

서령은 그 뒤의 대화까지 떠올렸다.

"녹음 원고 그거, 아나운서님한테 읽으라고 준 거, 그거 제 프러포즈였다는 거 몰랐어요?"

서령이 말했다.

"아, 이미 낙찰돼 있었다는 거네요?"

이륙이 물었다.

"그럼요."

"언제요?"

"처음 본 순간."

"아."

"낙찰 안 됐으면 그런 원고를 줬겠어요?"

"그렇네요."

"떡볶이 드세요."

"네."

초기 사랑의 성지와 그곳에서 나눈 대화까지 맹렬히 떠올려야 할 만큼 서령의 속내는 어지러웠으나 추억의 효과는 뚜렷했다. 마음이 곧 가라앉았고, 잔에 따뜻한 물이 차오르듯 사랑의 감정이 몸 안에 고였다.

이렇게 쉽게 마음이 풀려도 되는 걸까. 하지만 뭐 나는 그런 사람이니까, 라며 서령은 자신의 어깨를 가만가만 토닥여주었다. 나는 이래. 그 없인 안 돼. 모든 것을 맡기고 갈 수밖에.

그러다 어느 순간 다 무너졌다.

다 무너져버리고 말았다.

이륙과 난주 씨. 그들이 서로를 끌어안는 것을 보았다. 아무도 없는 난주 씨 방에서였다. 간절한 포옹.

서령은 놀라 문틈에서 눈을 떼고 정신없이 바깥으로 뛰쳐나왔다. 애비로드의 도라지밭 풍경은 여전했고 10월의 햇빛이 놀란 서령의 눈을 찔렀다. 서령은 중얼거렸다.

이건가?

이거였구나.

그래서 그랬구나.

유리
세상에서 가장 맛있는 떡볶이라고

엄마는 늘 저렇게 비굴했다고 유리는 생각했다.

음식 만드는 법을 배울 때 난주 씨는 지나칠 만큼 예의를 차리며 상대를 존중했다. 말 그대로 그것은 예의고 존중이었겠으나 엄마의 자세가 왠지 비굴하다는 느낌을 유리는 떨칠 수 없었다.

하기야 어딘지 비굴해 보이는 점이 없다면 난주 씨의 겸손과 예절은 다른 이들의 것과 하나도 다를 바 없었다. 그만큼 난주 씨의 자세는 남달랐다.

이번에는 떡볶이였다.

"배우고자 하니 부디 한 수 부탁드립니다."

난주 씨는 두 손을 배꼽에 모으고 고개를 90도로 숙였다. 그렇게 5초나 6초 동안 죽은 듯이 있다가 가만 고개를 들었다.

난주 씨의 자세가 너무 낯설고 진지해서 처음 본 사람들은 장난 아닌가 싶어 난주 씨를 농으로 대했다. 그러다 지극한 겸손이 그칠 줄 모른다는 사실을 알고서 뒤늦게 덩달아 자세를 고쳤다.

청학리 떡볶이집의 처음도 그랬다. 그러거나 말거나 유리는 떡볶이집 창밖의 커다란 굴참나무를 내다보고 있었다.

"아유, 별것 없어요. 뭐 이런 걸 배우러 여기까지 왔대?"

칠순이 넘은 듯한 떡볶이집 여주인이 겸연쩍게 받았다.

청학리 떡볶이. 간판에는 그렇게 적혀 있었다. 누군가 청학리와 떡볶이 글자 사이에다 '미친'을 끼워 넣은 낙서가 희미하게 보였다. 오래된 낙서여서 유심히 보지 않으면 잘 보이지 않았다.

평창에서 남양주까지, 그것도 의정부에 접한 남양주 맨 끝 청학리 떡볶이집까지 온 거였다. 떡볶이를 배우러.

"배워서 더러는 장사도 합니다만, 이번에는 장사하려는 것이 아닙니다. 선생님의 가업에 결코 일점의 누도 끼치지 않겠습니다. 청학리 떡볶이가 세상에서 가장 맛있는 떡볶이라고 저한테 말해 준 사람에게 직접 만들어 대접하기 위해서입니다."

"아유, 그럼 와서 먹으라지요."

"멀리 있습니다. 제가 꼭 만들어 대접하고 싶어서입니다. 꼭. 부탁드리겠습니다."

이런 적이 한두 번이 아니었다는 걸 유리는 그동안 겪어서 잘 알고 있었다. 음식을 배우려거나 좋은 식재료를 구하려면 만사 젖혀놓고 불원천리 찾아가는 게 난주 씨의 기본 중의 기본이었다.

일방적 단행이어서 유리는 말없이 따라나설 수밖에 없었다. 지난봄에는 무를 구하기 위해 경남 하동까지 간 적이 있었다.

야채 국이든 생선국이든 제대로 시원하고 달콤한 맛을 내려면 무가 있어야 하는데, 그냥 무는 안 되고 신문지에 싸고 포일로 한 번 더 싸서 1.5미터 땅속에 대패 밥을 깔고 겨우내 암장한 특별한 무여야 한다는 게 난주 씨의 주장이었다. 싹이 자라면 안 되지만 자라더라도 1센티 미만이어야 하며 그럴 때 싹의 색깔은 반드시 녹색 이전 단계인 노란색이어야 한다는 것.

그러나 아무리 보관법에 맞춰 정성스레 관리를 잘해도 무 자체가 맛있는 무가 아니면 다 소용없다며 난주 씨는 유리를 데리고 기어이 하동엘 다녀왔다.

하동에서 가져온 무는 아닌 게 아니라 어떻게 먹어도 맛있는 무였다. 누군가는 그 무를 넣어 끓인 난주 씨의 도다리 쑥국을 먹고는, 몸속의 분노와 원망도 눈 녹듯 사라지는 맛이라고 했다.

전화만 하면 얼마든지 제일 좋은 놈을 택배로 부쳐주겠으니 제발 직접 내려오지 말라고 하동의 무 생산자는 난주 씨를 극구 만

류했다. 자동차 기름값이 무섭지도 않느냐면서. 평창서 하동이 얼마인데.

"자, 우선 고추장과 진간장을 이렇게 물에 풀고요."

청학리 떡볶이집 주인이 말했다.

"고추장과 진간장을 물에 풀고……."

눈을 반짝이며 난주 씨는 주인을 주시했다.

"불려놓았던 떡을 넣고."

"불려놓았던 떡을 넣고."

그리고 주인은 한참을 침묵했다. 난주 씨도 침묵했다. 침묵하는 동안 고추장 물이 끓었고 서서히 엉기기 시작했다.

"이쯤 되면 갱엿을 넣고."

"갱엿을 넣고."

"휘휘 저어 엿을 녹이고 살짝 더 졸이면 끝."

"끝."

"쉽죠? 아무것도 아니죠?"

"아, 예……."

"양배추와 어묵을 넣어도 되지만 기본이 이거란 거예요."

"아, 예……."

눈을 반짝이며 지켜보지 않아도 누구나 알 만한 떡볶이 조리법이었다. 너무 간단해서 주인이 매우 불성실한 것처럼 보였다.

117

유리는 창밖의 굴참나무를 바라보면서 웃었다. 엄마는 저 간단한 걸 배우러 여기까지 온 걸까.

"아까 그 물은……육수였던가요?"

난주 씨의 질문이 시작되었다.

"아, 내 정신 좀 봐. 황태 육수예요. 황태 대가리, 대파, 무 넣고 밤새 곤 것."

"아."

난주 씨는 오래도록 고개를 끄덕였다. 아, 하고 생각난 듯 끄덕이고 다시 아, 하고 생각난 듯 끄덕였다.

"떡은?"

난주 씨가 물었다.

"농사지은 걸로. 우리가."

주인이 대답했다.

"아……. 고추장은요?"

"우리가 담근 거로요. 농사지은 쌀로."

"아……. 엿은?"

"그것도 우리가 곤 걸로요. 농사지은 걸로."

"그럼 물은?"

"그야 청학리 약수지요. 저 산을 10분만 걸어 올라가면 약수터가 나와요. 물이 좋아 이름도 수락산."

주인이 마을 앞의 산을 손가락으로 가리켰다.

"아."

난주 씨는 고개를 끄덕이고 끄덕였다. 유리에게는 주인의 답변이 역시 불성실해 보였다. 더 솔직할 수도 더 자세할 수도 없는 답변이라는 데까지는 유리의 생각이 미치지 못했다. 주인은 아는 대로 사실 대로 다 말한 거였다.

난주 씨에게는 주인의 답변이 너무도 충분했으므로 어느 순간 주인을 향해 똑바른 자세를 취하고 결연한 어투로 말했다.

"아무래도 저는 안 되겠습니다."

"네?"

"아무도 이 맛을 낼 수 없겠습니다."

"별거 아닌데."

"이 세상에 오로지 선생님에게만 별거 아닌 겁니다."

"무슨 소린지."

난주 씨는 두 사람이 푸짐하게 먹을 수 있는 양의 떡볶이 재료를 청학리 떡볶이집에서 고스란히 샀다. 떡, 고추장, 고춧가루, 갱엿, 육수.

전수가 불가능해 재료만 사가는 행위가 또 그지없이 부끄럽고 죄스러웠던지 난주 씨는 주인을 향해 연신 고맙고 비굴한 허리를 굽혔다.

유리도 따라 허리를 굽혔다.

"아, 약수터가 어느 쪽이라고 하셨더라."

결국 난주 씨는 약수터까지 걸어 올라가서 1.5리터 페트병 두 개를 채웠다.

그중 하나는 유리가 안고 내려왔다.

정자

나무는 저곳에 오래오래 서 있겠죠?

정자는 고추밭 가운데 서 있었다. 난주 씨가 일구는 밭이었다.

작은 계곡 너머로 살짝 그 무덤이 보였다. 유리가 가꾸는 꽃들이 멀리서는 잘 보이지 않았다. 그냥 작고 소박한 무덤일 뿐이었다.

산비탈에 자리 잡은 난주 씨의 고추밭은 결코 작다고 할 수 없었다. 정자와 브루스, 유리와 난주 씨, 서령 씨 부부가 모두 고추밭에 나왔다. 정수리에 떨어져 내리는 가을볕이 따가워 모자를 쓰고 목에는 수건을 둘렀다.

"예쁘게 익은 빨간 고추만 따는 거예요. 쉽죠?"

난주 씨가 고추밭 한가운데서 외쳤다.

"나는 알지비(RGB)예요."

정자가 말했다.

"알지비?"

난주 씨가 물었다.

"네에. 레드 그린 컬러 블라인드니스. 한국말로 적록색맹? 색약? 파란 고추와 빨간 고추를 분간 못 해요."

"아, 그래요? 그렇구나. 알지비."

난주 씨가 심각하게 고개를 끄덕였다.

"뻥이에요! 하하."

정자가 크게 말하고 크게 웃었다. 정자는 유리한테 뻥이라는 말을 새로 배워서 어떡하면 그걸 써먹을까 하루 종일 궁리했다.

정자가 펜실베이니아 빅스부르크의 가금류 도축장에 처음 도착했을 때 도축장 밖에서 어떤 농사가 이루어지는지 잘 알지 못했다. 거대한 도축장 건물 안에는 400명에 달하는 닭 발골사가 있었고 도축장 밖은 끝없이 펼쳐진 밭이었다.

고개를 들거나 눈을 들어 창밖을 볼 수 없었다. 정자는 발골에 서툴렀다. 얼굴을 들어 창밖을 보며 일할 수 있게 되기까지는 여섯 달이 걸렸다.

정자가 이틀 동안 뼈를 발라내야 할 닭의 무게는 정확히 1톤이었다. 한눈을 팔면 칼이 여지없이 손가락을 그었다.

눈을 부릅뜨고 손끝과 칼날을 주시하지 않으면 죽은 닭일망정 제 뼈를 곱게 내주지 않았다. 점심 휴식 때가 아니고는 화장실에 갈 시간도 없었으므로 기저귀를 차고 닭의 뼈를 발랐다.

보는 일 듣는 일 숨 쉬는 일 따위가 모두 한 마리 닭이 온전히 뼈를 벗는 과정에 맞추어졌다. 눈을 감고도 완벽한 닭 발골을 마리당 45초 안에 해치울 수 있을 때까지.

반년이 지나서야 정자는 그 경지에 이르렀다. 비로소 고개를 들어 끝 간 데 없는 밭 풍경을 보면서도 손가락을 베이지 않게 되었다.

밭을 온통 뒤덮었던 것은 토마토였다. 토마토 수확철이 되면 정자와 다를 바 없는 처지의 유색인종들이 밭 가운데서 엄살을 부렸다. 아임 알지비! 나는 알지비예요. 빨간 토마토를 딸 수 없으니 집에 보내주세요.

엄살은 노래가 되었고 슬픈 노래에 힘입어 그들은 무서운 속도로 토마토를 따기 시작했다. 토마토 농장 이름은 셔머덕이었다. 도축장을 떠날 때까지 정자는 셔머덕, 그 뜻을 알지 못했다.

봄여름 무성하던 토마토는 가을이 되면 감쪽같이 사라지고 지평선은 비트로 옷을 갈아입었다. 비트도 붉고 푸른 채소라서 셔머덕의 노동자들은 여전히 아임 알지비, 집에 보내주세요, 노래를 불렀다.

겨울엔 거짓말처럼 모든 흔적이 사라졌다가 봄이 오면 다시 푸른 토마토가 자라기 시작했고, 없던 비트가 가을이면 어디선가 몰려와 수런거리며 무섭게 퍼져 나갔다.

모든 땅 위에서 자취를 감추었던 작물들이 때가 되면 다시 모든 땅 위에서 아우성치며 어김없이 자라났다. 일제히 가고 일제히 왔다. 신기하고, 마술 같고, 기적 같았다. 무서웠다. 그것들이 다 어디로 가고 어디서 오는 걸까.

정자의 첫 남자는 셔머덕의 백인이었다. 수확한 작물을 크기와 무게로 나누는 자동 분류 시스템을 관리하던 전문 엔지니어였다.

그가 관리하는 셔머덕 컨베이어 시스템은 2년 동안 뉴욕주 오티스코 호수를 메울 만큼 많은 양의 토마토와 비트를 실어 날랐고, 정자는 빅스부르크 가금류 도축장에서 그 마을의 리틀 마운틴의 높이만큼이나 닭 뼈를 발랐다.

그 2년 동안 그의 도움으로 정자는 브로커가 빼돌려 생긴 빚을 간신히 갚고 지옥 같던 도축장을 벗어나 셔머덕 울타리 밖에 있던 그의 집에서 살았다.

자유롭던 시간은 그러나 길지 않았다. 그의 아이를 임신하고 강제 낙태당하고 그에게서 참혹하게 버림받았다. 어느 날 집으로 쳐들어온 티모르의 여인은 눈물을 글썽이며 정자의 손을 잡았다. 그리고 미안해, 미안해, 라면서 정자를 문밖으로 밀어냈다.

나는 너를 미워하지 않아. 그리고 네 잘못도 아니야. 하지만 너는 끝난 거야. 이것이 티모르 여인이 문을 닫아걸기 전에 정자에게 했던 마지막 말이었다.

정자 앞에 놓여 있었던 것은 셔머덕의 텅 빈 겨울 들판뿐이었다. 그와 함께 살 때도 결코 자유롭던 시간이 아니었다는 것을, 그 빈 들판을 넘어 맨해튼에 도착하는 1년여의 기간 동안 뼈저리게 깨달았다.

도축장에 갇혀 있던 정자는 그의 집에 갇혔다가 다시 미국이라는 큰 나라에 갇힌 것이었다. 정자는 그 사회의 시민도 그 나라의 국민도 아니었다. 그런 그녀에게 비록 창백하고 온전치 못했으나 브루스는 자신의 손을 가만히 내밀어주었다.

흔적도 없다가 일제히 어떤 생명인가로 다시 뒤덮이고 마는 생멸의 엄숙한 순환을 그 넓은 언 땅에서 보지 못했다면 정자는 브루스를 만나기도 전에 스러졌을 것이다.

§

"겨울이 되면 저 고추들도 온통 자취를 감추었다가 6월이면 푸른 고추나무들로 다시 이 땅이 뒤덮이겠지요? 신기해."

고추밭을 굽어보며 정자가 말했다. 고추밭 끝자락에 작은 계곡이 흘렀고 계곡 너머가 무덤이었다.

"그리고 고마워요, 난주 씨. 맛있는 닭찜을 먹게 해줘서."

"정말 맛있었나요?"

난주 씨가 환하게 웃었다.

"사실……전 닭을 못 먹는 사람이었어요. 아주 오랫동안."

"아, 네."

난주 씨는 여간해서는 왜? 라고 묻지 않는 사람이었다.

"그러다 처음으로 다시 먹은 게 곰취막뜯어먹은닭찜이었어요."

"음."

"너무 맛있었으니까. 너무, 진짜."

"네."

아, 음, 네, 같은 대답밖에 안 하는 게 미안했던지 아니면 고추밭을 굽어보다 보니 자연스레 무덤을 함께 건너다보게 돼서였는지 난주 씨는 무덤 얘기를 꺼냈다.

"무덤을 남의 땅에 쓴 건 경황이 없었기 때문이었다네요. 급하게 묻었대요."

"그때 사정은 그랬더라도 지금이라면 옮길 수 있는 거 아닐까요?"

정자가 물었다.

"돌볼 사람이 없대요. 전쟁 때 갑자기 억울하게 총 맞아 희생된

새댁이었다는데, 남편은 전쟁 뒤에 재혼했나 봐요. 그랬겠죠. 그래서 저 무덤엔 후손이 없대요. 친정 피붙이들도 분명치 않고. 남편 묘에는……자식을 함께 둔 후처가 합장되었다고 하네요."

브루스는 이륙 씨와 말벗이 되어 고추를 땄고 유리는 재잘거리며 서령 씨와 함께 고추를 땄다.

"주인 없는 무덤이 되고 만 거네요."

정자가 말했다.

"남의 땅에 묘를 쓴 거긴 하지만, 사연이 그러하니까 그동안 땅 주인이 묵인을 해왔던 모양이에요."

"이장할 필요도 없었겠죠. 지금까지는 그냥 임야였으니까. 그런데 서령 씨는 거기다 집을 지어야 하는데 어쩌나?"

정자의 걱정을 듣기라도 한 듯 서령 씨가 두 사람 쪽으로 걸어왔다. 빨갛게 반들거리는 고추가 서령 씨의 두 손에 가득했다.

"이것 좀 봐요, 서령 씨."

정자가 자신의 휴대전화 속 사진을 서령 씨에게 보여줬다.

"되게 예쁜걸요. 어디예요, 이게."

"그 무덤이에요. 서령 씬 한 번도 안 가봤죠?"

서령 씨는 대답 없이 계곡 건너편 쪽으로 시선을 던졌다. 서령 씨도 무덤의 위치를 전혀 모르는 것은 아니었다.

"엄마, 엄마! 점심 언제 먹을 건데?"

유리가 큰 소리로 난주 씨를 불렀다.

"지금!"

난주 씨가 길게 대답했다. 난주 씨의 목소리가 건너편 골짜기에 메아리쳤다.

난주 씨는 지프에서 커다란 싸리 바구니를 내렸다. 고추밭 밭두렁에 바구니를 내려놓자 모두 난주 씨 주변으로 모여들었다.

완연한 가을 한낮의 들밥이었다. 바람이 시원했다. 오전 밭일을 하고 난 다음이었다. 무얼 먹어도 꿀맛일 것 같았다.

"오늘 들밥 메뉴는 무얼까?"

브루스를 낚시용 의자에 앉힌 이류 씨가 물었다.

"맞춰봐요."

난주 씨가 싸리 바구니 뚜껑을 지그시 누른 채 말했다.

유리는 야채 샌드위치에 커피일 거라고 말했다. 서령 씨는 멸치 주먹밥에 미소 된장국, 정자는 우엉 들어간 새싹 김밥이라고 말했다. 이류 씨는 곤드레 밥. 브루스는 모르겠다며 고개를 저었다.

"힌트는⋯⋯대하 여섯 마리!"

"와, 대하씩이나?"

"대하라면 엄청 큰 새우잖아?"

난주 씨의 힌트에 이류 씨 부부가 맨 먼저 반응했다.

"레몬, 밤⋯⋯."

난주 씨가 하나씩 힌트를 더해갔다.

"레몬에 밤이라니?"

"소라, 오징어, 무순, 오이……"

"헉! 뭐지? 뭘까? 모르겠어."

"홍합, 호두, 대추……"

"와아. 정말 모르겠는데."

"청주, 설탕, 겨자, 마요네즈, 식초, 소금……"

"설마. 지금 우리가 그런 요리를 먹는다고요? 여기서?"

난주 씨의 퀴즈에 모두 앞다투어 한두 마디씩 보탰다. 기분 좋게 한껏 설렜다. 아무 말 안 했던 것은 브루스뿐이었다.

"브루스는?"

유리가 물었고, 브루스는 쑥스럽게 고개를 가로저으며 작은 소리로 말했다.

"아임 헝그리……"

다들 웃었다.

"오늘 점심은 바로……"

난주 씨가 마침내 싸리 바구니 뚜껑을 열며,

"빵이었습니다! 하하."

외치며 웃었다.

싸리 바구니 안에는 파네토네가 가득했다. 빵의 단면에 콕콕 박

흰, 설탕에 절인 과일들이 어쩐지 미운 아이 얼굴에 난 점 같았다.

정자도 따라 하하 웃고 난주 씨를 흘겼다.

"내가 뺑이랬다고 금방 복수하시네."

§

"이곳, 정말 좋아요. 좋아."

브루스가 고추밭 끝자락을 바라보며 말했다.

"그렇습니까?"

이륙 씨가 물었다.

"저기, 저 건너편에 당신의 집을 짓습니까?"

"그렇습니다."

통역이 필요할까 싶어 정자는 두 사람의 대화에 귀를 기울였다.

"굿, 프리티 굿."

"정말 좋은가요?"

"좋습니다."

"고맙습니다."

통역이 필요할 것 같지 않았다.

"그렇담 한 가지 부탁이 있습니다."

브루스가 말했다.

"무엇입니까?"

"거기 줄지어 선 나무가 좋군요. 나무 이름이?"

"영어로는 모릅니다. 한국말로는 물푸레나무라고 합니다."

"물프……그거 한 그루 갖고 싶습니다. 나한테 한 그루 팔 수 있습니까?"

"그냥 드리겠습니다. 나무가 너무 큽니다. 가져갈 수 있겠습니까?"

"아니, 사겠습니다. 그리고 그 자리에 그냥 놔두겠습니다. 나의 나무가 되는 것뿐입니다. 나의 나무면 됩니다. 맨 앞쪽 나무로 하겠습니다."

"어렵지 않습니다. 그렇게 하시지요."

"대단히 고맙습니다."

"별말씀을요."

두 사람은 잠시 침묵했다.

정자는 눈을 들어 무덤가에 자리한 다섯 그루의 늠름한 물푸레나무를 건너다보았다.

"집 지을 때……물프, 저거 벱니까?"

브루스가 톱질 시늉을 하며 물었다.

"베지 않습니다. 아내가 베는 것을 원하지 않습니다."

"내가 오늘 산 나무도 저곳에 오래오래 서 있겠군요."

"나무의 수명은 잘 모르겠습니다."

"상관없습니다. 오후 햇살을 받아 아름답게 빛나는 저 나무를 상상할 수만 있으면 됩니다."

"네?"

이륙 씨가 못 알아들은 것 같았다. 정자는 끼어들지 않았다.

"혹시 브루스 윌리스라고 아십니까?"

이륙 씨가 물었다.

"물론 압니다. 〈신시내티 잡〉이라는 영화도 최근에 봤습니다."

"브루스 커밍스라고 아십니까?"

"모릅니다."

"한때 한국에서 베스트셀러였던 책의 필자입니다."

"작가는 잘 모릅니다."

"작가는 아니고⋯⋯시카고대 교수입니다."

"그렇습니까?"

"『한국전쟁의 기원』이라는 책을 썼습니다."

"⋯⋯."

파네토네를 뜯던 브루스의 손이 갑자기 멈추었다.

떨며 멈추는 그의 손을 정자가 바라보았다.

말하던 입술도 멈추었고 눈동자의 움직임도 돌연 멈추었다.

그렇게 멈추었다.

정자는 브루스에게서 눈을 떼지 않았다.

언필렁한, 사물의 시간이 그의 몸을 관통하는 중이었다……. 정자는 이렇게밖에 그 순간을 설명할 수 없었다. 브루스가 갑자기 동작을 정지하고 사물이 되는 순간. 차갑고 무정하게 식어버리는 순간. 체온과 호흡과 언어가 한꺼번에 정지하여 누구의 범접도 허락하지 않는 적막의 순간.

브루스를 차마 사물이라고 여기기 어려워 정자는 그런 순간을 '사물의 시간'이라고 해왔다. 사물의 시간이 그의 몸을 관통하는 중이라고.

그런 순간 브루스는 마네킹처럼 정지했다. 뉴욕 스트로베리 필즈에서 그랬고, 어느 날 브루클린 다리의 거미줄 같은 케이블 밑을 지나다가 그랬으며, 브라운즈빌 신발 판매점 총격 사건 현장을 지날 때도 그랬다. 마네킹 스톱. 그러나 최근 들어 여간해서는 보이지 않던 증세였다.

정자는 긴장을 늦추지 않았다.

이륙 씨가 당황하여 정자를 바라보았다. 정자와 잠깐 눈이 마주쳤다.

괜찮다고, 그렇게 몇 초 지나면 괜찮아질 거라고 정자가 말한 건 아니지만 이륙 씨는 정자의 표정이 전하는 뜻을 알아차린 것 같았다. 이륙 씨가 고개를 끄덕였다.

자신을 만나기 전에는 브루스가 훨씬 더 자주 그랬다는 걸 정자는 두 딸을 통해 알았다. 딸들은 그것을 두고 아빠의 '사하라 놀이'라고 불렀다. 사하라 사막에서 발견된 미라의 표정을 흉내 내는 거라고 했다.

올리비아와 이사벨라는 그런 아빠를 놀리며 웃었다. 더는 지난 날들을 아프게 추억하지 않아도 될 만큼 두 딸은 충분히 성장해 있었다.

사하라 놀이는 자신들의 출생 이전부터 있었던 증상이고, 그것이 반복될수록 아빠의 몸이 피폐해져 향정신성 약물에 의존하게 되었고, 엄마와의 불화가 깊어지면서 직장에서도 거듭 내쫓겼으며, 마침내는 정상적인 삶을 완전히 포기하지 않으면 안 되는 지경까지 브루스를 내몬 미스터리한 병세였다는 것을 딸들은 기억했다.

시간이 흐르면서 조금씩 호전되긴 했으나 그것은 여전히 브루스가 사회로 복귀하는 것을 가로막았다. 리비와 벨라가 성장하여 차례로 직장을 갖게 되면서 브루스는 굳이 사회로 복귀할 필요를 느끼지 않아도 되었다. 그렇지만 그가 건강을 회복하는 일은 오랫동안 두 딸의 첫 번째 기도 내용이었다.

두 딸은 정자의 갑작스런 출현을 선선히 반겼다. 첫 만남부터 그들은 서글서글하고 조금은 지나치다 싶을 만큼 유쾌했다. 그토록 거리낌 없는 선선한 모습에서 정자는 오히려 혹독했던 세월의 아픈 흔적을 읽고 와락 먹먹해졌었다.

리비와 벨라는 정자를 어머니로 친구로 정답게 대했다. 정자가 나타난 뒤로 브루스의 증상이 눈에 띄게 좋아졌기 때문이었다.

그동안 아빠는 핵심 부품을 잃고 차고에 처박혀 있던 픽업트럭이었다니까요. 올리비아가 말했다. 그런데 거기에 딱 맞는 걸 정자 맘이 가져다 끼워 맞춰준 거예요. 두 딸이 말하는 브루스의 이전 상태라는 건 정자로서는 쉽게 상상할 수 없는 거였다.

죄인이라도 된 것처럼 정자에게 헌신적인 브루스를 두 딸은 다른 사람 보듯 놀라워했다. 시기 섞인 놀라움이었으나 그것이 아버지의 진심이라는 걸 알아차린 그들은 정자를 너그럽게 대하기 시작했다.

그러긴 했어도 아버지가 어째서 정자에게 그토록 헌신적인지는 알지 못했다. 이유를 몰랐던 건 정자도 마찬가지였다. 정자가 모르는 게 또 있었다. 자신이 스트로베리 필즈에서 창백한 브루스의 손에 이끌렸던 이유…….

이처럼 알 수 없는 이유들로 정자는 브루스의 가족이 되었고 브루스의 사랑을 받았다. 과분한 헌신과 사랑을 받아 정자는 브루스를 사랑하게 되었던가.

마땅히 그랬겠지만 어쩌면 정자는 그들을 떠날 수 없었던 건지도 몰랐다. 정자를 경건하게 대하며 오로지 사랑으로 속죄하는 듯한 브루스를 차마 외면할 수 없었고 외면할 이유도 없었다. 게다가 건강을 회복해 가는 브루스를 보며 덩달아 활기를 찾던 나이 많은 귀여운 두 딸과도 헤어질 이유가 하나도 없었다.

'사물의 시간'은 최근 들어 거의 없어지다시피 한 증상이었다. 기미가 보이다가도 금방 괜찮아지곤 했다. 반복의 느낌도 없었다. 어쩌다 불쑥 찾아오는 잊혔던 희미한 기억 같은 것에 불과했다.

이번에도 그렇게 지나가기를 정자는 바랐다. 다행히 그렇게 지나가는 것 같았다.

"자자, 다시 고추를 땁시다!"

난주 씨가 고추밭 한가운데서 외쳤다.

브루스가 고개를 돌려 정자를 바라보았다. 그의 어깨가 움직였고 몸도 따라 움직였다. 정자와 브루스는 눈을 마주쳤다.

"나는 알지비예요!"

정자가 큰 소리로 외쳤다.

난주 씨가 하하 웃었다. 정자도 따라 웃었다. 두 사람의 웃음소리가 차례로 건너편 골짜기에 메아리쳤다.

서령
슬픈 사람이 더 슬픈 사람 안아줄게

그러고 보니 떠올랐다. 언제나처럼 주방 조리대에 서 있던 난주 씨가 갑자기 폭 꺼지던 장면. 아래로 폭 꺼져 내리는 걸 서령은 보았다.

마르고 큰 편이어서 더 그랬을까. 바닥까지 꺼져 내리는 데 얼마간의 시간이 걸렸다. 느린 화면 같았다. 광고용 풍선 인형에서 바람이 빠지듯 난주 씨는 주저앉았다. 느리고 부드러운 큰 무너짐.

절친한 동생의 남편을 몰래 사랑함으로써 생긴 크나큰 번민이 그녀를 쓰러트린 거라고 서령은 생각할 수밖에 없었다.

어떡해? 서령은 고개를 저었다. 정말이지 이런 일에 지혜롭게 대처할 줄 아는 당찬 여자라면 얼마나 좋을까. 나는 어째서 제대로 할 줄 아는 게 하나도 없을까.

이틀 전에도 서령은 난주 씨가 애비로드 뒤뜰의 외진 느릅나무 아래서 이류의 손을 잡는 걸 보았다. 오른손 바닥을 이류의 손바닥에 맞대고 왼손으로는 이류의 손등을 천천히 쓰다듬었다.

그들의 풍경이라니. 쉽게 이루어질 수 없는 사랑이라서? 그래서 둘 다 그토록 애절하고 회한 어린 표정이었을까.

그때도 서령은 뒤뜰로 뛰쳐나가 보란 듯이 그들 앞에 서지 못했다. 문설주에 몸을 숨긴 채, 어떡해? 발만 동동 굴렀다. 난 왜 이럴 수밖에 없는 걸까? 눈물만 나려 하고, 엉뚱하게도 난주 씨의 음식 맛이 변했다는 사실을 불현듯 떠올렸다. 어느 날부터 그녀의 음식 맛이 그저 그랬다는. 정자 씨도 그 점은 인정했다는.

이류를 몰래 안느라 마음의 여유도 없고 어수선할 텐데 음식 맛에 신경 쓸 겨를이 있었겠어? 서령은 두려웠다. 두 사람을 마구 불륜으로 몰아가도 되는 걸까. 마음 한편으로는 뭔가 큰 잘못을 저지르는 것 같기도 했다. 생각이 뒤섞여 어지러웠다.

그런데 어쩔 수 없게 되고 말았다.

정말 어쩔 수 없게 되고 말았다.

서령이 묻기 전에 난주 씨가 먼저 눈치를 챘다. 의혹에 찬 서령의 눈길을 난주 씨는 그냥 지나치지 않았다.

서령은 이런 순간이 올 줄 알았고 오기를 기다렸는지도 모른다고 생각했다.

"오늘 처음 개봉한 어수리차가 있는데 서령 씨, 같이 한잔할래?"

난주 씨가 물었고 서령은 겁에 질려 고개가 부러져라 끄덕였다. 올 것이 온 것이었다.

§

온다, 온다!

서령은 속으로 중얼거렸다. 서령이 앉아 있는 식탁으로 난주 씨가 티포트를 들고 천천히 다가왔다. 어떡해, 어떡해? 서령의 입 안에 갇힌 말들이 제멋대로 퍼덕거렸다.

"언니, 사랑해요."

말들 중 하나가 입 밖으로 튀어나왔다. 내가 잘못한 건 하나도 없으니 당당해야 한다고 다짐을 했는데, 말은 엉뚱한 게 튀어나왔다.

"어수리차는 처음이지?"

잔에 찻잎을 넣고 난주 씨가 찻물을 따랐다.

"어? 잎만 있는 게 아니네요. 꽃도 있네요. 작고 하얀 꽃이 예뻐요. 맛있겠다. 그치만 아까워서 못 마시겠어요. 예뻐서. 안 마셔도 아깝고 마셔도 아깝고."

끝없이 딴말이 흘러나올 것 같았다.

"서령 씨."

"네?"

"미안해."

아, 이 말이 갑자기 왜 절망적으로 들리는 걸까. 서령은 울상이 되었다.

"내가 하는 말. 끝까지 잘 들어줘."

"네."

"좀 길어도."

이 말에는 또 왜 조금은 안심이 되는 걸까.

"네."

서령은 대답했고 난주 씨는 천천히 말하기 시작했다.

§

8, 9년 전에 백구를 키웠어. 하얗고 자그마한 개. 여기 애비로드에 오자마자. 외로워서 키웠지. 그때는 유리도 없었으니까.

애비로드는 방 하나에 홀 하나 있는 집이었어. 음악 카페도 아닌데 음반이 엄청났어. 그때는 애비로드도 아니었지. 간판 같은 것도 없었으니까.

노 사장이란 분이 있었는데, 홍대 앞에서 하던 카페를 정리하고 이곳에 내려와 살았어. 카페에 있던 음반을 모조리 갖고 내려왔던 거지. 아주 젊고 예쁜 여자하고. 이름이 은영이었던가.

노 사장이라는 분은 참 멋졌지. 허연 꽁지머리에 눈은 매섭게 생겼는데 재주가 많고 사람도 무지 좋았어. 뭐든 척척 잘 만들었는데 독일이며 뉴질랜드 같은 데까지 원정을 가서 집을 고치고 벽난로도 만들어주고 그랬으니까.

그이가 은영 씨와 뉴질랜드에 아주 가서 살 거라면서 나보고 이 집에서 살라고 했어. 가끔 한국에 들어오면 잠이나 재워달라면서. 나는 그때 오랜 서울 생활에 신물이 나서 슬슬 전원생활을 꿈꾸고 있었거든.

나는 벽촌에서 나고 자라면서 서울을 동경했어. 이름도 사실은 난주가 아니야. 종숙이야. 경종숙. 내 여동생이 하나 있는데 걔는 영주야. 걔도 나를 따라서 이름을 바꾼 거지. 진짜 이름은 경근숙.

동생과 나는 마을에 봄꽃이 피면 꽃 속에 들어가서 연예인 흉내를 냈어. 달력이나 잡지에 등장하는 여배우들 있잖아. 그들처럼 꽃 앞에서 한나절 포즈를 잡곤 했지만 우리 마을은 버스도 안 들어오는 산촌이었어.

열심히 연예인 흉내를 내고 이름도 바꾸고 하다 보니 슬슬 서울에 가까워지긴 가까워졌어. 고향에서 고등학교를 졸업하고 15년간 서울서 유명 만화가의 어시스턴트로 살다가 이후 독립해서 내 작품을 시작했는데 잘되진 않았어. 된 것도 아니고 안 된 것도 아니고. 그게 더 골치 아프지. 아주 집어치울 수도 없고 계속할 수도 없고.

두 번의 긴 연애에 실패하는 사이 혼기가 지나갔고 별로 이룬 것도 없이 서울살이에 신물이 났어. 그래서 호시탐탐 시골 생활을 꿈꿨는데 운 좋게 노 사장을 만난 거지.

내가 왜 이런 말을 늘어놓을까.

백구.

백구 얘기를 하려던 거였어. 몸이 온통 하얬는데 딱 세 군데만 까맸지. 금방 씻어놓은 머루알 같은 눈과, 딱 그 눈 크기만 한 꼬랑지 끝의 까만 점 하나. 그리고 코끝. 얼마나 귀여웠는지 몰라.

나 혼자였으니까 백구가 더 귀하고 소중했겠지. 산적이라고 해도 산속에서 혼자 사는 건 적적할 거야. 산골 출신이었지만 난 이 산속에서 백구 없이는 살 수 없었어.

노 사장이 남겨준 집을 나는 열심히 좀 키웠어. 목조 캐빈도 두 채 더 짓고 숙소 이름도 지었지. 애비로드. 노 사장이 지어주었는데 비틀스 음반이 가장 많은 집이라는 뜻이었어. 노 사장은 존 레논을 과하게 좋아했고.

역시 나는 산골에 어울리는 사람이야! 라면서 신나게 집을 꾸몄지. 그런데 뭔가 자꾸 이상해지기 시작했어. 집을 꾸미는 일이 시골과는 점점 멀어지는 일이 돼버렸으니까.

그걸 깨우쳐준 게 백구였어.

나는 서울 손님들을 유치하기 위해 서울 사람들이 선호하는 산골을 만들어대고 있었던 거야. 산골 아닌 산골, 그 어디에도 없는 산골을.

서울 사람들의 머릿속에만 있는 산골의 오두막. 그게 오베르주애비로드였던 거지. 지금이야 쓸쓸히 자조하며 지난날들을 추억하게 하는 나름 정겨운 이름이 돼버렸지만.

나는 이틀이 멀다 하고 서울의 동대문과 청계천을 뒤졌어. 그곳에서 온갖 카페 인테리어 소품들을 실어 날랐지. 백구에게는 사료만 푹 부어주고. 이틀 사흘 연속 집을 비울 때도 많았는데 그럴 때는 이삼 일 치 사료를 듬뿍듬뿍 부어놓곤 했어. 그러다 물렸어.

백구한테 물렸어. 손등에 아직 이빨 자국이 있어. 봐. 깊게 물렸잖아. 그때도 사흘간 집을 비우며 인테리어 소품을 열심히 찾아다녔는데, 돌아와서 백구에게 사료를 주려다가 물린 거야. 무언가에 화가 나 있었던 걸까, 백구는. 나를 세게, 꽉 물었어. 주인을.

나는 입원해서 세 바늘이나 꿰매고 치료를 받았지. 그때부터 백구가 밥을 안 먹는 거야. 나를 물어서 미안했던지 밥을 안 먹어. 백구야 괜찮아. 미안하다고, 이젠 너 혼자 두고 오래 나가 있지 않겠다고 사과를 해도 백구는 의기소침해져서는 더는 밥을 먹지 않았어. 죽을 때까지. 나를 물고, 미안해서 그 뒤로 밥을 안 먹고, 끝내 죽어갔지.

저 도라지밭. 저 밭 한가운데에 백구를 묻었어. 도라지밭은 백구의 무덤이야. 언제까지고 백구를 곁에 두려고. 그리고 나는 진짜 산골 생활을 받아들였어. 서울 사람들이 머릿속에서만 그리는 시골이 아닌, 백구가 묻힌 저 도라지밭 같은 시골 생활을 받아들였지.

노 사장 물건만 남겨놓고 인테리어도 바꾸었고 음식 메뉴도 확 바꾸었어. 파스타와 라자냐에서 돼지고기활활두루치기와 옥수수 술빵으로. 포토푀 대신 호박 팥죽으로. 그러니까 외려 손님이 더 찾아왔지. 나는 원래 그런 음식을 좋아했고 잘 만들었어.

어머니 영향이었을 거야. 내 어머니는 좋은 찬장을 갖고 있었지. 산골에도 멋진 2단짜리 찬장이 유행이었는데 어머니도 그걸 갖는 게 꿈이었어. 어느 날 시골 우리 집 부엌에, 그때까지 마을에 있던 그 어떤 집의 찬장보다 더 고급지고 비싼 수정 목재 찬장이 들어왔어.

그때처럼 어머니가 기쁨과 자랑스러움으로 부풀어 올랐던 걸

본 적이 없었지. 어머니는 마치 평생 느낄 삶의 기쁨을 그 한순간에 다 맛보는 것 같았어. 마을 사람 중에 정말 단 한 사람도 빠짐없이 우리 집으로 몰려와서 그 근사한 찬장을 오랫동안 구경했어.

어머니는 누구나 다 아는 찬장이라는 물건에다, 그러니까 찬장의 이마에다가 '이것은 찬장'이라고 떡하니 써 붙였어. 그때부터 어머니의 삶은 그 찬장과 함께하는 일생이 되었지. 나도 내 찬장에 그렇게 써 붙이고 어머니처럼 살고자 한 거야. 이 산골에서. 찾아오는 사람들과 맛있는 음식을 나누며.

백구는 없지만 창밖에 도라지밭이 늘 있었어. 어머니는 없지만 내 눈앞에는 언제나 '이것은 찬장'이 있었어. 그것들과 함께 산골다운 산골 생활을 새롭게 시작했지. 산골 생활을 완전히 받아들인 거야. 백구를 묻고, 찬장을 들이고, 그리고 첫 손님으로 그들이 왔어.

응. 그들. 유리의 부모.

응……. 그래. 맞아. 유리는 내 딸이지만……그들이 낳았지.

그들이 처음 방문했을 때는 유리가 없었어. 그들은 한없이 젊고 예쁘고 귀여운 연인이었어.

유빈과 소리.

백구 얘길 고백한 첫 대상도 그들이었지. 난 유빈과 소리가 참 부러웠어. 사랑한다면 이들 같아야 하는 것 아닌가 싶을 만큼 거

침없고 발랄했으니까.

유리가 온 것은 그들이 다녀간 지 2년이 지난 뒤였어. 아이 엄마가 된 소리가 한 살짜리 유리를 안고 온 거야. 그리고 갈 때는 말없이 갔지. 소리 혼자서. 유리를, 지금 나와 서령 씨가 앉아 있는 이 식탁 위에 재워두고.

말없이 간 건 아니었구나. 편지가 있었으니까. '유리는 이곳에서 생긴 아이예요. 이곳의 밥을 먹고 자라게 해주세요. 세상에 믿고 맡길 사람은 언니밖에 없어요.' 딱 그 세 줄이었지. 나는 막 화가 났어.

다른 것보다도 아이를 식탁 위에 놓고 간 게 참을 수 없이 화가 났지. 뒤치다 떨어지기라도 하면 어쩔 뻔했을까. 소리라는 애가 밝고 발랄하고 착하기는 해도 그렇게 좀 덜렁대는 데가 있었어. 편지라고 쓴 것도 내용이 그 모양이었고.

다 해봐야 소리를 본 게 5일밖에 안 되는데 도무지 뭘 보고 나를 믿고 맡길 사람으로 여겼을까. 소리가 뭘 어떻게 생각했든 나는 유리를 받아들일 수밖에 없었어. 산골에서 혼자 열심히 밥하는 여자의 식탁 위에 턱하니 놓고 가버렸으니까.

그렇게 백구가 가고 유리가 온 거지. 이 산골에. 오베르주 애비로드에. 하늘에서 뚝 떨어지듯이.

애 아빠인 유빈과는 어쩌다 헤어진 건지, 애 아빠가 살았는지 죽었는지 전혀 말을 안 해서 지금껏 몰라. 굳이 내가 알 필요도 없고.

소리는 혼자 뭔가를 냅다 뿌리치듯 포르투갈로 날아갔어. 안 갔으면 미쳤을 것 같기도 해. 그곳에서 꽤나 성공한 파디스타가 됐지. 원래 뮤지컬 하던 애였거든. 소리라는 이름이 그냥 붙어 다니는 게 아니겠지. 노래 없이는 하루도 못 사는 애니까.

요 몇 달 동안 통 소식이 없더니 두 주 전에 소리에게서 연락이 왔어.

그러니까……응, 내가……유리와……헤어지게 되었다는 얘기를 지금 서령 씨한테 말하는 거야.

응. 헤어져야 해. 유리와 헤어져야 해.

며칠 뒤 유리를 데리러 올 거야. 소리가 올 거야.

§

"어떡해, 어떡해?"

서령은 식탁 아래로 발을 구르며 말했다. 아까 서령의 입안에 갇혀 제멋대로 퍼덕거리던 어떡해와는 전혀 다른 어떡해였다.

입도 대지 않은 어수리차는 식어가고 있었다. 찻물 안에 흰 어수리꽃이 생화처럼 활짝 피었다.

"내가 어째서 서령 씨한테 이렇게 긴 얘기를 할까?"

"슬프니까요. 슬픈 거잖아요. 유리와 헤어진다면서요?"

그런데 난주 씨는 그다지 슬퍼 보이지 않았다. 슬퍼서 눈물이 나려는 것은 오히려 자신인 것 같다고 서령은 생각했다.

이제 막 들었기 때문에 더 슬픈 건지도 모르지. 난주 언니는 이미 두 주 전에 들었다지 않은가. 슬픈 마음이 좀 정리되는 단계일까.

"왜 서령 씨한테 긴 얘기를 해야 했는지 따져보진 않았어. 어쨌든 일단 해야겠다고 생각했지. 얘기하는 것이 좋겠다는 생각이 먼저 든 거야."

그래서, 그러니까 언니는 유리 친모의 연락을 받고 심한 충격을 받았겠지. 유리와 헤어지다니. 유리가 언니의 딸이 아니었구나.

주방 조리대 앞에서 푹 주저앉았던 것도 그 때문이었구나. 난주 언니가 이류 씨의 손을 잡은 게 아니라 이류 씨가 위로 차원에서 난주 언니의 손을 잡아준 것일지도. 포옹도. 그러니 오해 말아 줘. 긴 얘기의 이유가 거기에 있었던 건가.

"어쩌면 두 가지 때문인지도 모르겠어. 서령 씨한테 이런저런 얘기를 한 이유가."

"두 가지요?"

물으면서 서령은 속으로 생각했다. 그런데, 그렇다면 어째서 이류 씨는 나에게 말하지 않았던 걸까. 난주 씨는 유리의 친모가 아니란다. 친모는 소리라는 사람이라는데 곧 유리를 데리러 온다더라. 그래서 위로가 필요하다……. 못 할 말이 아니지 않은가.

"받아들임과 헤어짐인 것 같아. 두 가지. 내가 서령 씨한테 한 말들이 대체로 그런 맥락이었던 것 같아. 받아들임, 헤어짐. 백구와 헤어졌지만 산골 생활을 받아들였고……."

"이제 유리와 헤어지는 것도 받아들이겠다는 뜻으로요?"

"그런가 봐."

"남의 얘기하듯 하네. 언니는 별로 슬프지 않은가 봐요?"

"서령 씨에 비하면……서령 씨 앞에서 차마 유리와의 이별을 슬퍼할 수 없어서."

"무슨 말이에요, 그게."

"서령 씨."

"무서워요. 그렇게 부르지 마요."

"지금부터 진짜 내 말 잘 들어."

"그렇게 바라보지 마요. 정말 무서우니까. 왜 그래요?"

"서령 씨가 알아야 할 것 같아서."

"뭐를요?"

"서령 씨는 헤어져야 해."

"누구랑요?"

"서령 씨는 이류 씨와 헤어져야 해."

"뭔 소리예요? 우린 죽기 전에 안 헤어져요."

"……"

"죽기 전엔 안 헤어진다구요."

"……"

"허! 뭐지? 내가 지금 뭐랬어요?"

"받아들여야 해. 서령 씨."

"뭘요? 무덤? 이류 씨가 그거 받아들이래요?"

"무덤도 받아들이고, 응, 그래서 이류 씨 없는 세상에 혼자 남게 되는 사실도 받아들이고."

"뭐야 진짜? 언니, 나한테 너무하는 거 아니에요. 왜 그래요?"

"냉정하게 들어."

난주 씨는 정색을 하고 다시 이야기하기 시작했다.

§

묘지의 후손한테 갔었어, 내가. 후손이 아니었어.

그분은 그냥 전 땅 주인이었을 뿐이야.

서령 씨네가 묘지 때문에 걱정을 많이 하고 이류 씨가 몇 차례 찾아봬도 별로 진척이 없는 것 같아서 내가 대신 직접 찾아뵙고 부탁의 말씀을 좀 드리러 왔다고 말했어.

그랬더니 그분이 그러더군. 자기는 후손이 아닐 뿐 아니라 지금 말한 이류인지 뭔지 하는 사람이 자기를 찾아온 적도 없었다는 거야.

이상하잖아. 그래서 내가 이류 씨한테 물었어. 그분을 찾아가지 않은 이유를. 그랬더니 이류 씨가 말해. 서령 씨가 무덤을 그냥 받아들였으면 좋겠다는 거야. 그래서 그분을 안 찾아갔었던 거래.

서령 씨가 특별히 무덤을 받아들여야만 하는 이유가 있느냐고 이류 씨한테 물었지. 남의 무덤을 집 안에 두고 싶지 않은 건 인지상정이잖아.

그랬더니 이류 씨가 제대로 말을 못 하고 무덤이라도 받아들이면 좀……무덤이라도 받아들이면 좀……하더니 갑자기 애처럼 막 울어.

응, 그랬다니까. 막 울더라고. 뭔가 심상치 않은 일이 있다 싶어 오래오래 어르고 달래며 물었어.

서령 씨. 이류 씨는 200일 이상 살기 힘들다는 전문의의 소견을 받았어. 췌장.

이류 씨는 서령 씨가 놀라고 절망할까 봐 말하는 걸 미루어왔어. 힘든 걸 꾹 참고. 하지만 미룬다고 달라질 건 없잖아. 아파도 같이 아파해야 하는 거라고 내가 누차 말했는데도 이류 씨는 극구 말하지 말아달라고 했어.

그러다가 서령 씨가 나와 이륙 씨 사이를 오해하게 된 거야. 오해를 풀려고 말하는 건 아니야. 이륙 씨 아픈 거, 서령 씨에게 알 권리가 있다고 생각해. 어쩌면 의무일 수도 있고.

이제 서령 씨 차례야. 나는 이륙 씨의 맘을 충분히 알 수 있을 것 같아. 자신은 아파도 사랑하는 사람은 하루라도 덜 아프기를 바라는 게 사랑 아니고 무엇이겠어.

여기까지 말할게. 내 말 잘 들은 거지? 서령 씨, 내 말 잘 들은 거지?

§

"못 들었어요. 못 들은 걸로 할 거예요."

서령이 말했다.

"그럼 나는 두 사람 사이에서 침묵해야겠네. 그러나 끝내 그럴 수 없다는 건 알지?"

"끝내 그럴 수는 없겠죠. 나도 그건 알아요. 당장은 못 들은 걸로 할 거라는 거예요, 당장은. 이륙 씨도 저도 지금은 숨 막히게 고통스러우니까."

"응."

"무덤을 받아들일 거고요. 네, 받아들일 거고요. 내가 이 사실

을 안다는 걸 그이가 알게 되더라도, 그것 때문에 그이가 너무 아
파하지 않도록 주의하면서, 주의하면서, 그러니까 언니, 좀, 며칠
이라도 지나서, 사실 나 자기 아픈 거 다 알고 있었어, 맘 아팠지
만 아픈 자기가 더 힘들어할까 봐 꾹 참았어, 이렇게 그이한테 얘
기하면, 날 좀 기특하게 생각하면서 그의 마음이 그래도 좀 덜,
좀 덜 아프지 않을까요?"

"서령 씨 기특하다."

"언니도 슬프잖아요."

"이쪽으로 와, 서령 씨. 내 옆에 와 앉아."

난주 씨가 두 팔을 내밀었다.

서령이 난주 씨 옆자리로 가 앉았다.

"슬픈 사람이 더 슬픈 사람 안아줄게."

난주 씨가 서령을 안았다.

"그럼 전, 좀 울게요."

서령이 말하고 흐느끼기 시작했다.

정자
용하마을 조껍데기 막걸리

정자는 마트청년의 트럭에 태워졌다. 갑자기, 서둘러, 거칠게 태워졌다.

마트청년은 운전을 하고 브루스와 정자가 동승석에 나란히 앉았다. 트럭이 향하는 곳을 정자로서는 알 수 없었다. 목적지 이름은 어렴풋이 들었으나 그곳에 가는 목적은 알지 못했다.

목적지까지 가는 길은 청년만 알았다. 그러나 그곳에 왜 가야 하는지는 청년도 알지 못했다. 그곳에 가야 한다며 청년과 정자를 트럭으로 몰아넣은 것은 브루스였다.

트럭에 오른 브루스는 아무 말도 하지 않았다. 앞 유리 밖으로 펼쳐지는 풍경에 몽롱한 눈을 열어두고 있을 뿐이었다. 마트청년과 정자도 말이 없었다. 트럭은 단풍이 물드는 산길을 달렸다.

§

정자는 브루스의 흰 정수리에 떨어져 내리던 9월 마지막 날의 오후 햇빛을 떠올렸다. 그날 브루스는 청년의 트럭을 따라가다 말고 케일밭 사이로 난 길 위에 한참을 망연히 서 있었다.

그때 그의 눈은 뻥 뚫려 있었다. 말할 수 없이 놀라운 것을 듣거나 보아서 넋이 나가버린 눈빛이었다. 브루스는 입술을 움직거렸으나 입에서는 아무 소리도 새어 나오지 않았다.

그런데 아까는 달랐다. 그날과는 전혀 다른 모습이었다. 브루스는 청년의 트럭을 이대로 보내버릴 수 없다는 듯 짐칸 모서리를 꽉 움켜쥐었다. 눈빛은 알 수 없는 결의로 가득 차 있었고 짐칸 모서리를 쥔 손등에는 굵은 핏줄이 도드라졌다.

지난번에는 트럭을 놓쳐 텅 빈 길 위에 우두망찰 서 있었으나 이번에는 결코 그럴 수 없다는 듯, 브루스는 트럭을 붙잡고 놓지 않았다.

목소리도 상기돼 있었다. 아무 말도 하지 못했던 그날과는 확실히 달랐다. 작은 소리지만 이번에는 청년에게 분명한 어조로 물었고 정자의 통역을 재촉했다.

"젊은이, 다시 말해 주겠나?"

"무얼……요?"

청년은 당황한 빛이 역력했다.

"조금 전에, 응, 조금 전에 무어라 하지 않았나?"

"배달 확인서에……사인 부탁합니다, 라고 했는데요."

"그것 말고."

브루스가 청년을 보자마자 질문을 들이댄 건 아니었다. 여느 때처럼 청년은 애비로드 현관 앞에 짐을 내려놓고 배달 물품과 영수증에 기재된 품목을 대조했다. 오후의 평화로운 햇빛이 청년의 어깨에 떨어져 내렸다.

브루스는 야외용 라운지체어에 반쯤 누워서 입속의 대구포를 오물거리고 있었다. 그는 대구포를 씹을 때마다 베링해를 무대로 고기를 잡던 알래스카 집안의 후손임을 자랑스럽게 말하는 사람 이었다. 조상들이 주로 잡던 어종도 대구였다고.

대구포를 오물거릴 때가 그에게는 가장 안락한 시간이었다. 그래서 트럭을 따라가다가 우두커니 서 있던 그때의 일 따위는 잊은 모양이라고 정자는 생각했다.

그러던 브루스가 어느 순간 갑자기 라운지체어에서 몸을 일으켰고 청년의 트럭으로 다가가 짐칸을 움켜쥐었다. 청년은 의아해

했고 정자는 놀랐다.

늙고 마른 브루스가 맨손으로 트럭을 제어할 리는 없었다. 그러나 브루스는 모처럼 포획한 짐승이 혹여 도망이라도 칠세라 움켜쥐듯 트럭을 붙잡고 놓지 않았다.

"내일은 산지 출하 때문에 배달 없습니다, 라고 했고요."

청년이 말했다.

"그것도 말고. 지난번에 왔을 때도 말했던 거."

브루스는 청년에게서 눈을 떼지 않았다.

"지난번에요?"

"응, 지난번에."

"뭐랬길래요, 제가?"

"뭐라고 했는데 잊었어. 따라가서 다시 물어보려고 했는데 젊은이는 트럭과 함께 휭 떠나버렸지."

"그랬나요?"

"그랬다는 걸 이제야 떠올린 거야. 조금 전 젊은이가 뭐라 하는 말에."

정자가 보기에 지난번이란 9월의 마지막 날을 말하는 것 같았다. 그날처럼 이번에도 브루스는 청년에게서 말할 수 없이 놀라운 어떤 것을 들었다는 말일까.

청년은 정자를 바라보며 어쩌지요? 라는 표정을 지었다.

"그냥 생각나는 대로 몇 개만 더 말해 봐요. 순서 없이."

정자가 말했다.

"내일은 용하마을에 간다……나물 출하 때문에……배달은 쉰다……내일 필요한 게 있으면 지금 말해 달라……오늘 이따가라도 또 배달해 드리겠다……하우스 재배한 파드득나물 출하 시기라……내일은 종일 용하마을에서 그거 도와야 한다……마트사장님 큰형님의 밭이다……."

거기까지 말했을 때 브루스가 제지했다.

"파……무어라고 했나? 퍼드?"

"파드득? 파드득나물요?"

"거기, 거기 갑시다."

브루스가 재촉했다.

"어디요? 용하마을이요?"

"타요. 중자도 타고. 어서. 지금 갑시다."

브루스가 가늘고 긴 팔을 휘저어 청년과 정자를 트럭에 몰아넣었다. 아무도 브루스를 말리지 못할 것 같았다.

영문도 모른 채 정자와 청년은 트럭에 태워졌다. 어쩐지 함부로 태워진 느낌이었다. 영문 모르기로는 브루스도 마찬가지인 것 같았다.

정자는 브루스를 걱정했다. 브루스의 숨소리에 귀를 기울였다.

숨소리는 나쁘지 않았다.

파드득? 파드득나물? 그게 무얼까? 그런 나물이 있었나? 파드 득? 그게 무엇이기에 브루스가 저리도 놀라는 걸까? 정자도 처음 듣는 이름이었다. 파드득. 그런데 브루스는 그런 걸 어디서 알고 희미하게나마 기억하고 있었던 걸까.

삐뚤빼뚤한 오르막길을 청년은 말없이 운전했다. 고도가 높아 지자 밖은 온통 완연한 가을이었다.

§

용하마을에 도착한 브루스가 정자는 낯설었다. 지금까지 보아 왔던 브루스가 아니었다. 꿈속을, 무릎걸음으로 더듬어 기어들어 가듯, 그는 조심스럽고 신중하게 용하마을 사람들을 만났다.

그는 연기에 몰입하는 배우처럼 움직이고 말하고 한숨지었다. 정자도 그를 따라서 통역에 몰두했다. 브루스의 호흡에 한 치도 어긋나지 않으려고 애썼다.

조금이라도 통역의 호흡이 어긋나면 브루스는 몰입의 세계에 서 내동댕이쳐져 비명을 지르며 나동그라질 것만 같았다. 정자는 그의 동작이 슬프고 은밀한 몽유의 걸음걸이 같다고 생각했다.

그는 어떤 마을인가를 찾고 있었다. 파드득 특산지를 찾는가 싶었으나 아니었다.

스물두 살의 어린 그가 닷새 동안 갇혀 있었다던 마을을 찾고
있었다. 배고픈 그에게 파드득나물밥을 주었던 주민들을 찾고 싶
어 했다.

그러나 용하마을은 그 마을이 아니었다. 아무도 그를 기억하지
못할뿐더러 그가 말하는 내용을 알아듣는 이도 없었다. 용하마
을 사람들은 그의 이야기를 꾸며낸 것이거나 망상이 지어낸 말이
라고 믿는 눈치였다.

정자가 보기에도 분명 아닌데 브루스는 용하마을이 자신이 찾
는 그 마을이길 바랐다. 정자는 브루스의 오인과 착각을 섣불리
지적하지 않았다. 그가 가는 대로 따라 움직였고 그가 말하는 대
로 통역했다.

"당신은 알겠지요?"

마침내 브루스는 자신의 대화 상대라고 믿은 사람의 손을 덥
석 잡으며 말했다.

마을의 최고령 노인이었다. 85세인 그는 브루스를 함박웃음으
로 반겼다. 환갑을 넘긴 아들 며느리와 사는 노인이었다. 노인은
어둡고 냄새나는 행랑채의 이불 위에 앉아 있었다. 수염이 길게
자라 입 주변이 지저분했다.

마을 사람들은 늙은 서양인이 신기해서 브루스와 정자의 뒤를

졸졸 따라다녔다. 브루스가 노인에게 말을 거는 동안 마을 사람들은 행랑채 바깥에서 방 안의 광경을 기웃거렸다.

"나는 이 마을에 고립됐었어요. 동료 네 명과 함께요. 당신들은 우리에게 밥을 주었죠. 퍼드……파드득나물밥이요. 당신은 알 리라 믿어요. 당신들은 아주 좋은 사람들이었어요. 지금 저 밖에 있는 사람들은 그때 태어나지도 않았거나, 태어났더라도 아주 어렸겠죠. 그러니 나를 모르고 그때 그 일도 알지 못하는 거예요. 나는 당신과 이 마을에 속죄하고 싶어요. 나는 사람을 여럿 죽였어요. 어쩌면 당신의 가족도 그때 죽었을지도 몰라요. 총을 쏜 사람이 나예요. 내가 당신들을 쏘았어요."

브루스가 용하마을을 자신이 찾는 마을로 믿는 근거란 파드득나물 하나뿐이었다. 85세 노인의 함박웃음도 믿음의 가능성을 높였으나 정색하고 말하는 브루스 때문에 노인은 벌써부터 겁에 질려 있었다.

정자는 브루스의 말을 노인에게 빠짐없이 통역했다. 그러나 노인이 전혀 알아듣지 못한다는 걸 정자는 금방 알았다.

노인을 만나기 전에 노인이 중증 치매에 걸렸다는 사실을 정자는 마을 사람들에게서 들었다. 그러나 브루스는 자신을 기억해줄 가장 나이 많은 사람을 고집했다.

정자는 브루스에게 노인의 상태를 말하지 않았다. 그냥 봐도 누구나 알 수 있을 정도였으니까.

그러나 브루스는 노인에게 예의를 다해 그때의 일을 자세히 밝혔고, 마을에 그런 일이 있었다는 대답을 노인으로부터 간절히 듣고 싶어 했다.

아무리 봐도 용하마을은 브루스가 찾는 마을이 아니었다. 노인은 아무것도 몰랐고 늙은 서양 남자의 심각하고 골몰한 얼굴을 점점 더 무서워할 뿐이었다.

그렇다는 걸 브루스는 알고도 저러는 걸까 모르고 저러는 걸까. 정자는 브루스를 지켜보다가 와락 겁이 났다. 알고도 저런다면 별 문제 아니겠지만 모르고 저러는 거라면, 그렇다면……. 브루스 나이가 89세였다.

"파드득나물이, 맞아요, 그게 아득하게 숨어 있다가 오늘 기억났어요."

브루스가 말했다. 노인은 여전히 겁에 질려 있었다. 밖에서 구경하던 주민들이 수군거렸다.

"저 마트청년이 기억하게 해주었죠. 당신들이 우리에게 준 밥이 파드득나물밥이었잖아요. 그때 우리는 사흘을 굶고 있었어요. 저 마트청년이 아니었다면 내가 강원도에 오게 된 이유도 알지 못할 뻔했어요."

계속되는 브루스의 말에 겁을 먹던 노인이 어느 한순간 다시 함박웃음을 지으며 무어라고 말했다.

"뭐라고요?"

브루스가 되물었으나 노인의 말은 덥수룩한 수염에 걸려 제대로 입 밖으로 나오지 못했다.

"뭐라는 거지?"

브루스는 절박하게 정자를 바라보았다. 정자가 노인에게 물었다.

"뭐라셨어요? 할아버지."

노인은 입을 움직거렸으나 정자는 알아듣지 못했다.

"다시 한 번 말씀해 주시겠어요?"

그러자 문밖에서 구경하던 누군가가 말했다.

"조껍데기요."

"예?"

정자가 뒤돌아보며 물었다.

"조껍데기라고 말한 거래요……. 조껍데기 막걸리 안주에는 파드득나물이 제일이거든요. 할아버지가 그걸 말하는 거라네요. 조껍데기."

누군가의 말을 정리해 준 것은 마트청년이었다.

정자가 통역을 하기도 전에 브루스가 노인 앞에 무릎을 꺾으며 신음을 흘렸다.

"아아, 조, 조컵……데기……."

"알아요, 브루스?"

정자가 물었다.

"내가 뭐랬어, 중자. 여기가 그 마을인 거 맞다고 했잖아. 봐. 노인이 조컵……데기라고 말해. 파드득, 조컵……데기. 이건 나의 뇌가 기억하는 게 아니야. 나의 고막이 기억하는 거야, 고막이. 그들은 우리에게, 응, 밥과 파드득과 조컵데기를 주었어. 조컵데기 술. 아, 들어야 생각나는 거였어. 귀로 들어야."

브루스가 흥분해서 떠들었다. 노인은 다시 겁에 질리기 시작했다. 조껍데기 막걸리에는 파드득 안주가 최고라고 해도, 그건 인근 마을 어디서나 통용되는 식문화가 아닐까.

노인의 입에서 조껍데기라는 말이 나왔다고 해서 이 마을이 그 마을이라는 증거가 되는 건 아니었다. 그러나 브루스에게는 정자의 이런 생각이 먹힐 리 없었다.

브루스에게는 이 마을이 그 마을이어야 했다. 정자는 이유를 알았다. 사과하기 위해서라는 걸. 기억력이나 치매의 문제가 아니라, 너무 오래 미루어두었던 사죄를 더는 늦추지 않기 위해서라는 걸.

§

여섯 시간이 넘는 교전 끝에 브루스 일행은 고립되었다. 퇴각하는 본대를 따라잡지 못하고 네 명의 부대원이 적지에 고립되었다.

두서없는 브루스의 말을 정리하자면 그랬다. 노인이 말을 알아듣든 못 알아듣든 정자는 브루스의 말을 정리해 통역할 수밖에 없었다.

포위가 아니더라도 적지에 남게 된 이상 일행은 포위된 거나 마찬가지였다. 발각되는 것은 시간문제였다. 적지는 넓었고, 멀어져 간 본대의 행방을 알 수 없었다. 그들이 살 수 있는 길은 적에게 발각되기 전에 본대 수색대에 의해 먼저 구출되는 것뿐이었다.

그때까지 그들은 버텨야 했다. 작은 마을에 잠입하여 은닉에 대한 양해와 협조를 구했지만, 유사시에는 주민을 인질로 삼고 적과 대치할 수밖에 없다는 사실을 분명히 했다.

진행되는 상황에 따라 그들과 주민은 서로에게 은인이 될 수도 원수가 될 수도 있는 운명이었다. 때로는 주민을 믿어야 했고 때로는 의심해야 했다.

그들은 본대를 잃었고, 교신이 불가능해졌으며, 따라서 그들에게는 바깥 정보라는 게 없었다. 시야가 미치는 범위 안의 정황이 유일한 정보였다. 해가 지고 사방이 칠흑같이 어두워지면 공포가

극에 달했다.

그들은 낮에 자고 밤에 깼다. 낮에는 혼자서도 사주경계가 가능했다. 돌아가며 경계를 서고 나머지는 눈을 붙였다. 밤에는 모두 깨어 아무도 잠들지 않았다.

사태에 따라 주민과의 관계가 어떻게 돌변할지 알 수 없었다. 그들이나 주민들이나 서로 반은 믿고 반은 긴장하며 의심할 수밖에 없었다.

그러나 주민들은 그들을 의심하거나 적대하지 않았다고 브루스는 말했다. 사흘을 굶고 마을에 도착했을 때 주민들은 그들에게 따뜻한 밥과 국을 나누어주었다고 했다. 조껍데기 막걸리도.

처음 이틀간은 주민들을 의심하여 막걸리를 마시지 않았다. 그러다가 낮에 잠들기 위해 조금씩 막걸리를 마셨다. 적어도 주민들 때문에 그들이 위험에 처하는 일은 일어나지 않았다고 하니까.

그러다가 마을을 수상히 여긴 적군 수색조가 포위망을 형성해 서서히 접근해 온다는 말을 들었다. 주민 중 한 남자가 귀띔해 준 사실이었으나 그들은 정보를 준 남자를 믿지 않았다. 적병의 동태를 잘 알고 있는 남자가 오히려 의심스러웠다.

그들의 존재를 적군에게 알린 것도 그 남자가 아닐까 의심했다. 남자를 죽여서 내통자의 말로가 어떠한 것인지 본보기로 삼자는 주장과 남자를 믿어보자는 의견이 그들 사이에서 갈렸다.

그들은 극도로 긴장했고 작은 의견 차이로도 피로했으며 조금만 의심쩍은 움직임에도 즉각 총구를 겨누었다.

그러던 어느 저녁, 귀를 찢는 총성이 들렸고 브루스 곁의 동료가 쓰러졌다. 브루스가 지체 없이 방아쇠의 손가락을 당기자 총구가 불을 뿜었다. 전방의 검은 물체가 고꾸라졌다.

웅성거리는 소리와 함께 또다른 움직임이 이쪽저쪽에서 동시에 감지되었다. 총 맞아 신음하는 동료를 가운데 두고 나머지 세 사람이 각자의 등을 서로에게 기댄 채 어둠을 향해 총기를 발사했다.

내가 쏘는 총소리인지 내가 맞는 총소리인지 알 수 없었다고 브루스는 노인에게 말했다. 총에 여러 발 맞아 감각이 없는 상태에서 습관적으로 방아쇠를 당기는 것 같았다고.

실탄을 모조리 소비하는 데 긴 시간이 걸리지 않았다. 실탄이 떨어지고 적막이 찾아왔을 때 안도와 두려움이 동시에 몰려들었다.

더는 사상자가 없다는 사실에 안도했고 총성을 듣고 몰려올 적의 지원병들을 상상하자 정신을 차릴 수 없을 만큼 두려웠다.

실탄이 한 발도 남아 있지 않았다. 눈 번히 뜨고 가만히 서서 보복 살육을 당할 수밖에 없었다. 모든 걸 체념했지만 세 사람은 동트는 새벽까지 맞댄 등을 떼지 않았다. 동트는 새벽까지. 그때까지 그들에겐 아무 일도 일어나지 않았던 것이다. 적의 수색대도 지원병도 나타나지 않았다.

날이 밝고 나서 그들은 알게 되었다. 맨 처음 브루스의 총에 맞은 것은 그들에게 밥과 국과 술을 날라주던 마을의 젊은 새댁이었다. 피를 흘리며 엎어진 그녀 앞에 파드득나물밥 그릇도 깨져 함께 나뒹굴었다.

마을 사람 일곱 명이 그들이 쏜 총탄에 목숨을 잃었다. 동료가 맞은 총탄은, 다른 동료의 것이었다. 부주의하게 총기를 다루다 발생한 오발사고였다. 상황이 끝나고 아침이 와 날이 밝았을 때 그 모든 것을 알았다.

그리고 마지막으로 그들이 알게 된 것 한 가지. 산봉우리 위로 아침 해가 막 떠오를 때 일군의 병사들이 마을을 포위한 채 그들을 시시각각 압박해 들어오기 시작했는데, 피아를 식별할 수 있을 만큼의 거리가 되었을 때 저들이 쥔 소총이 자신들의 것과 같은 M1이라는 것이었다.

§

"모든 게 그 한마디에서 시작되었지요. 내 곁의 동료가 총에 맞아 쓰러지며 외친 말이요. I'm shot! 나는 정신을 차릴 수 없었어요. 동료들 모두 그랬지요. 총 맞은 동료는 반 시간도 안 되어 숨을 거두었어요. 그러나 동료가 총에 맞았다고 해서 이 마을 사람들이 총에 맞을 이유는 없었어요. 우리의 실수였으니까요. 죄송해요. 제정신이 아니었어요. 그러나 죄송합니다."

브루스가 노인의 손을 덥석 쥐고 잘못을 빌었다.

"아, 어……."

노인이 주춤 뒤로 물러나며 손을 뺐다. 브루스가 말했다.

"5일간 적지에 갇혀 있을 때 나는 공포스러웠습니다. 어지러운 한국말을 알아들을 수 없었어요. 미국의 가족에게 다시 돌아갈 수만 있다면, 더 이상의 것은 바라지 않겠다고 하느님께 맹세하고 또 맹세했습니다. 물 위를 걷는 게 기적이 아니라 나에게는 살아서 땅 위를 걷는 게 기적이었어요."

정자는 브루스의 호흡을 끊지 않고 빠르게 통역했다. 브루스는 고개를 들어 행랑채 마당에 서 있는 마을 사람들을 향하며 말했다.

"미안해요, 여러분. 미안해. 역시 미안해요, 강원도에게도. 이제야 오게 돼서. 이제야."

마을 사람들은 서먹하게 웃거나 머리를 긁거나 굳은 표정을 펴지 못했다.

"중자, 저……."

브루스가 정자의 귀에 대고 작은 소리로 울먹였다.

"말해요, 브루스."

"눈물이, 응, 다랄······마락."

"눈물이······나올락 말락?"

브루스가 고개를 끄덕였다.

"울어요. 괜찮아. 울어, 브루스. 괜찮아."

브루스가 노인에게 주춤주춤 다가갔다. 그리고 소침해져 입을
열었다.

"저······옆에 앉아서 좀······울어도 될까요?"

노인이 알아들었다는 듯이 고개를 끄덕였다.

브루스는 노인의 손을 잡고 흐느끼기 시작했다.

밖에 있는 사람들이 숙연해졌다.

브루스의 흐느낌이 점차 격해졌으나 흐느낌은 흐느낌일 뿐이
었다. 조금 뒤 엉엉 우는 소리가 들렸다. 브루스에게 겁을 먹었던
노인이 브루스가 울자 덩달아 울기 시작했던 것. 영문도 모른 채
눈물을 철철 흘리며 노인은 엉엉 소리 내어 울었다.

§

정자는 브루스가 울게 내버려두었다.

그러고는 혼자 방에서 나와 마을 사람들 곁을 지나 바깥마당
가장자리에 서 있는 큰 나무로 걸어갔다.

마트청년이 걱정스런 표정으로 정자의 뒤를 몇 걸음 따르다가 멈추었다. 정자는 혼자 더 걸어 나무 그늘에 다다랐다.

가을바람이 정자의 앞머리를 스쳤다.

정자는 긴 번호를 누른 뒤 휴대전화를 귀에 가져다 댔다.

"나, 정자."

—아, 뭐야? 새벽 두 신데.

잔뜩 잠 묻은 소리가 흘러나왔다.

"묻고 싶은 게 있어, 올리비아."

—그러시겠지. 어련하겠어, 새벽 두 신데.

"사랑하는 나의 딸."

—아, 징그러, 맘. 묻고 싶은 게 뭔데?

"브루스가 한국전쟁에 파병됐었어?"

—무슨 하늘에서 고등어 떨어지는 소리야, 맘?

"아니야? 몰랐어?"

—우리 고약한 아빠가 또 순진한 맘한테 무슨 심각한 거짓말을 쳤군.

"거짓말이라고?"

—음흉한 아빠한테 속지 마, 맘. 나는 언제나 맘 편이라구.

"음, 알았어, 잘 자. 내 애기."

—오, 제발. 맘보다 더 늙은 나한테 애기라 그러지 마. 잠 진짜

깨겠어.

"뭐 하나 알려줄까, 올리비아."

—뭘?

"한국말로 거짓말이 뭔 줄 알아?"

—뭐야?

"뻥."

—평?

"응, 뻥. 잘 자."

—음, 맘. 아빠 평이야.

올리바아가 정말 몰랐을까. 정자는 생각했다. 정자 자신도 몰랐다. 그러니 올리비아도 이사벨라도 몰랐을 수 있었다.

그러면 브루스는 알았을까. 그의 말대로 기억은 머리에 있었던 것이 아니라 고막에 있었던 걸까. 고막이 그의 기억을 깨운 거라면 파드득 이전의 기억은 어디에 숨어 있었던 걸까.

그리고 스트로베리 필즈에서 그가 신음처럼 흘렸던 'I'm shot!'이 그 'I'm shot!'이었을까. 그래서 처음 보는 한국인 여자에게 간절히 손을 내밀었던 걸까. 어떻게 강-원-도를 기억하고 있었을까.

파드득 마을의 세부 기억들이 과연 파드득이라는 음파의 자극 하나로 저토록 한꺼번에 봇물 터지듯 터져 나올 수 있는 걸까.

브루스의 기억은 어쩌면 오래전부터 수면 위로 조금씩 부상하고 있었을지도 몰랐다. 심해의 어둠으로부터. 그러면서 파편적인 낌새들이 시나브로 희미한 영상으로 엉기기 시작한 것은 아닐까.

그전에는 정말로 깊은 해저의 깜깜한 어둠이었을지도.

아, 알 수 없어, 뭐가 뭔지.

하지만 알아야 할까.

분명한 것은 지금 브루스가 마을 사람들 앞에 사죄하고 저토록 울고 있다는 사실이었다.

브루스의 등을 쓰다듬으며 위로해야 하는 것 아닐까. 아무것도 따지지 말고 위로해야 하는 것 아닐까. 사람을 위로하는 데 무슨 이유가 필요할까.

자신의 생각이 마땅한 것이길 바라며 정자는 큰 나무 그늘에서 나와 브루스가 있는 노인의 행랑채로 걸음을 옮겼다.

"대단하세요."

마트청년이 다가와 말했다.

"뭐……가요?"

정자가 물었다.

"그토록 덤덤하시다니."

이 젊은 친구가 뭘 알고 이런 말을 하나 싶었지만 정자는 상관하지 않고 혼잣말처럼 말했다.

"어리벙벙할 뿐이죠."

서령
속울음 우는 자에게만 보이는 속눈물

애비로드 현관문 열리는 기척이 났다.

방에 있던 유리가 뛰쳐나가 이제 막 밖에서 돌아온 난주 씨에게 울먹이며 물었다.

"정말이야, 엄마?"

난주 씨는 눈물로 범벅된 유리와, 뻘쭘하게 서 있는 서령을 번갈아 바라보았다. 방금 전 무슨 일이 있었는지 가늠하는 눈치였다.

"정말이냐고, 엄마?"

유리가 소리 질렀다. 울음 묻은 목소리가 갈라졌다.

난주 씨는 한 아름 안고 들어온 싱싱한 근대 다발을 조리대에 내려놓았다. 그리고 담담하게 대답했다.

"그런 것 같다."

무엇 때문에 그러는 거냐고 유리에게 되묻지도 않고 대답했다.

그 대답을 서령도 들었다.

난주 씨의 담담한 대답을 듣는 순간 서령의 머릿속에 엉뚱한 생각이 스쳤다. 난주 씨의 음식 맛이 돌아왔다는 생각. 제맛을 다시 찾았다는 생각.

그런 생각이 왜 그 순간 불쑥 끼어들었는지 서령은 알 수 없었다.

"엄마와 헤어져 살아야 하는 거야?"

유리가 울부짖었고,

"웅."

난주 씨는 밀짚모자를 벗어 부채 삼아 가을볕에 탄 얼굴에 부쳤다.

"엄마는 나랑 헤어져 사는 게 슬프지도 않아?"

아, 유리처럼 나도 저럴 수 있다면. 서령은 유리의 눈물보다 자신의 서러움으로 울컥 느꺼워졌다.

서령은 유리에게 애비로드의 엄마와 곧 헤어져 친엄마와 함께 살아야 한다는 사실을 알렸다. 그것은 사실이었으며 피할 수 없는 사태였다.

말해야 하지만 차마 말 못 하는 난주 씨의 입장을 대신해야 한다고 서령은 생각했다. 그러는 것이 이륙의 상태와 심정을 이륙을 대신해 말해 준 난주 씨에 대한 도리며 보답이라고 여겼다.

그런 줄로만 알았다. 그래서 유리에게 말한 거라고 서령은 스스로 생각하고 있었다. 그러나 난주 씨에게 울며 달려드는 유리를 보면서 서령은 다른 생각에 잠겨들었다. 나는 저렇게 유리가 울며 외치는 장면을 보고 싶었던 게 아닐까. 정작은 내가 맘껏 울며 외치고 싶었던 건 아닐까. 그래서 유리에게 말해 버렸던 게 아닐까.

"왜 안 슬프겠니."

난주 씨가 말했다.

"그럼 왜 헤어져야 하는 건데?"

유리의 젖은 눈에 원망이 가득했다.

"슬프지만은 않으니까. 엄마가 널 찾고 네가 엄마와 함께 살게 되었으니 기쁜 일이기도 하지."

"난 안 갈 거야."

"엄마가 널 찾아."

"나한텐 다른 엄만 없어."

"그랬다면 나도 좋겠다만, 아닌 걸 어떡하니."

"멀리 가야 한다며? 어딘데? 부산?"

난주 씨가 서령을 바라보았다. 유리한테 어디까지 얘기한 거야? 표정만 봐도 서령은 난주 씨의 질문을 알 것 같았다.

아, 어디까지 얘기했더라. 두서가 없었어. 서령은 도리질 쳤다.

"유리야. 네 안의 어른은 어디에 가 있니?"

난주 씨가 물었다. 묻고서 근대를 천천히 다듬기 시작했다.

"카페에서 들었던 노래가 있는 나라. 그 노래를 부르는 사람들이 사는 나라."

"그러니까 어디냐고?"

"파디스타가 돼서 밤낮 검은 운명을 노래하는 나라."

"나라 이름은 모르고?"

"포르투갈."

"거기야."

"먼 데가?"

"응."

"포르투갈은 내 안의 어른이 사는 곳일 뿐이잖아."

"네 안의 어른이 네 엄마야."

"내가 엄마라고?"

"응, 네가 네 엄마야. 네가 널 낳은 거야."

"개엉터리."

"몹시 그립고 사랑하는 사람은 꿈에서 내 모습으로 나타나는 거란다."

"난 안 그리워했어."

"네 엄마가 널 그리워했어. 몹시."

"그래서 꿈에 나타났다고? 내 꿈에?"

"그럼."

"얼굴도 모르고, 그리워하지도 않았고, 있는지도 몰랐는데?"

"그래도."

"그쪽에서 그리워한다고 이쪽 꿈에 나타난다고?"

"응."

"개엉터리."

"너는 늘 어른인 너와 함께 있었어. 그러니 멀지도 낯설지도 않을 거야."

"됐거든. 난 어디에도 안 가. 죽어도!"

유리가 울음을 쏟으며 방 안으로 뛰어 들어갔다. 소리 나게 문을 닫고 들어가 유리는 방 안에서 엉엉 울었다.

서령은 속으로 따라 울었다. 유리에게 슬픈 이별을 알린 이유는 분명했다. 자기가 울고 싶어 유리를 울린 것이었다.

§

현관문이 열리고 이류이 들어섰다.

"어? 일찍 왔네."

178

서령이 반겼다.

"갔던 곳이 제천이었거든."

유리가 방금 뛰어 들어간 방 쪽으로 이륙이 고개를 돌렸다.

"거기 충청도 아니었어?"

"응, 그런데 평창이랑 가까워, 아주."

이륙이 턱으로 방을 가리켰다. 무슨 일이야? 라고 그의 눈이 물었다.

"그러고 보니 충청북도는 강원도와 닿아 있구나."

서령이 양손 검지로 자신의 두 눈 아래쪽으로 금을 그어 내렸다. 유리가 울어.

"응. 일도 좀 일찍 끝났고."

이륙이 알겠다는 듯 고개를 끄덕였다. 이륙도 유리가 엄마와 헤어져야 한다는 사실을 알고 있었다. 그 사실이 이제 막 유리에게 전해진 거라고 이륙은 짐작하는 것 같았다.

"일은 잘됐고?"

속으로 유리를 따라 울던 서령의 울음이 아주 그친 건 아니었다. 이륙과 대화하고 있었으나 서령의 가슴속에서는 여전히 뚝뚝 눈물이 떨어졌다.

"개인 홍보 녹음이었어. 우유 발효 방법 특허로 유산균 제품 사업에 성공한 사람인데 유가공협회장에 출마한대. 그거 홍보 영상

더빙. 잘돼서 회장에 선출되면 나를 방송국에 넣어주겠다네. 조카가 KBS 원주 방송국 유력 인사라나. 하하하."

서령은 이륙의 웃음이 웃음이 아니라는 것을 알았다. 그의 일거수일투족 표정과 말투 하나하나가 눈물이라는 것을 알았다.

서령의 몸 안에 흐르는 눈물이 보이지 않듯 이륙의 몸 안에 흐르는 눈물이 보이지 않을 뿐이었다. 그러나 이제 서령은 그의 웃음에서조차 눈물을 보았다. 속눈물을 흘릴 수 있게 된 자만 볼 수 있는 속눈물.

"점심은? 배고프지 않아?"

서령이 물었다.

"오다가 휴게소에서 뭘 좀 간단히 먹긴……했는데."

"기다려봐, 먹을 것 좀 찾아볼게."

서령이 자리에서 일어서려 하자 주방의 난주 씨가 말했다.

"앉아 있어, 서령 씨. 내가 갖다줄게."

서령은 엉거주춤 다시 자리에 앉았다.

이륙과 마주 앉는 것을 피하려고 일어서려던 참이었다. 마주 앉아 있으면 속내를 들킬 것 같았다. 아직은, 아직은 그래서는 안 된다고 서령은 다짐했다.

왜 아직은일까? 서령은 스스로 물었다. 아직은 준……비가 안 되었으니까.

"무슨 생각해?"

이류이 물었다.

"아니, 뭐 아무것도. 왜?"

서령은 또 생각했다. 내가 무슨 생각을 하고 있는지 순전히 그게 궁금해서 이류이 물은 걸까. 아니면 어딘가 골몰한 나를 보고 혹시 이 여자가 내 상태를 다 알아버리지는 않았나 그게 걱정돼서 물은 걸까. 유리의 울음이 여전히 방문 틈으로 새어나오고 있었다.

"참, 빈 필 내한 공연. 예약했어."

휴대전화를 꺼내 이티켓을 보여주며 이류이 말했다.

"정말?"

"응."

"그랬구나."

"당신 가고 싶어 했잖아."

"응, 가고 싶었지."

"그래서 예약했어."

"응."

"잘했지?"

"그럼."

"빈 필이야."

"맞아. 응. 빈 필."

그리고 둘 사이에 더는 말이 이어지지 않았다.

나는 준비……이류의 죽음을 받아들일 준비가 안 되었나? 서령은 또 생각에 빠져들었다.

이류도 준비가 안 된 걸까. 그래서 고백을 미루는 걸까. 아니면 내 쪽의 준비만 기다리는 걸까. 본인은 이미 자신의 소멸을 받아들이고 나의 차례를 기다려주는 걸까. 난주 씨를 통해 내가 모든 걸 알게 되리라 짐작했던 걸까.

그의 짐작이 그것이라면 짐작대로 돼가는 거였다. 서령 차례만 남은 거였다.

마음속 번민이 얼굴에 고스란히 드러날까 봐 서령은 그와 마주 앉으려 하지 않았다.

"이것 좀 봐."

어색한 침묵을 이류가 끊었다.

"좌석 번호야."

이류가 이티켓을 확대해 서령 앞에 내밀었다.

"G-1-14?"

"응, G-1-14. 어디겠어?"

"……"

서령이 고개를 저었다.

"합창석이야."

"아, 합창석."

"당신이 언젠가 말했지."

"응, 지휘자의 등이 아닌 정면을 보고 싶다고 했어."

"딱 그 자리야. 지휘자 정면을 가까이서 볼 수 있는."

"아."

"게다가 이번엔 잘생긴 프란츠 벨저 뫼스트 지휘."

"멋지……겠다."

"그래."

"그런데 이거……."

갑자기 서령의 심장이 쿵 하고 내려앉았다. 자신도 모르게 카디건의 앞섶을 움켜쥐었다.

"뭐가?"

이륜이 물었다.

"……"

서령은 도무지 진정이 되지 않았다.

"왜 그래?"

이륜이 서령의 어깨를 잡고 안색을 살폈다.

서령이 숨을 회복하지 못한 채 말했다.

"어째서……어째서, 좌석이 하나뿐이야?"

오금이 저리고 온몸의 기운이 빠져나가 목소리도 무너지듯 새
어 나왔다.

"하나라니?"

이류이 휴대전화 화면을 밀어 올려 G-1-15라고 적힌 좌석번
호를 보여주었다.

"연주회가……언제라고?"

서령이 필사적으로 마음을 다잡으며 물었다.

"다음 주 금요일."

"다음 주?"

"응. 다음 주."

"다음 주구나."

한시름 놓았으나 서령의 기운은 좀처럼 되돌아오지 않았다.

이쯤 되면 이류에게 다 들켜버린 게 아닐까. 이류은 서령의 안
색을 살피느라 눈을 떼지 않았다. 차라리 들켜버리는 게 낫지 않
을까. 이류이 직접 고백하지 않았어도 서령이 알게 되었던 것처럼
서령이 모든 걸 알게 되었노라 이류에게 말하지 않아도 이류이
알게 되는 것.

이류을 끌어안고 유리처럼 막 울어버릴까. 난 어떡해, 소리치는
것이 낫지 않을까. 그러는 게 오히려 이류의 슬픔을 더는 일일지도
몰라. 그럴지도 몰라. 서령은 눈앞의 이류을 똑바로 바라보았다.

"나한테 할 말 있어?"

이류의 질문과 동시에 식탁 위에 무언가 모락모락 김이 오르는 것이 놓였다.

"와, 떡볶이다."

서령이 말했다.

"잘 먹겠습니다."

이류가 말했다.

"아, 이건……."

한 입 먹고 난 서령이 모락모락 피어오르는 김에 코끝을 갖다 대고 신음을 흘렸다.

"맞지, 이거?"

이류를 바라보며 서령이 심각하게 물었다.

"맞는데?"

이류가 비장하게 고개를 끄덕였다.

"언니!"

서령이 난주 씨를 불렀으나 난주 씨는 어느새 저만치 가 있었다. 방문에 귀를 기울이고 유리의 기적을 살폈다.

유리의 울음은 지쳐가고 있었다. 난주 씨는 방문 앞에서 한참 동안 서 있었다. 서령은 난주 씨를 부르지 못했다.

서령은 너무 기쁘고 놀라 울상이 되어 청학리 떡볶이를 먹었다.

이걸 어떻게 만들었을까. 청학리 떡볶이 얘기를 난주 씨에게 말한 적은 있었지만 레시피를 전한 적은 없었다. 그건 서령도 몰랐다. 그런데 환생하듯 청학리 떡볶이가 애비로드 식탁 위에 출현했고 믿을 수 없어 하면서 먹는 중이었다.

난주 씨 음식 맛이 제맛을 찾아가더니 청학리 떡볶이에서 정점을 이룬 거라고 서령은 생각했다. 한때 난주 씨의 음식은 맛을 잃었었다. 빛을 잃었다고 해도 될 만큼 난주 씨의 창성하던 식탁이 쇠락해 갔다. 그 이면에 유리와의 이별이 있었다는 건 최근에야 알았다.

이별 사실을 서령이 알게 되었을 때는 이미 난주 씨의 음식이 조금씩 맛을 회복해 가던 즈음이었다. 서령이 모녀의 이별 사실을 알고 얼마 안 되어 난주 씨의 음식이 곧 제맛을 찾았던 것이다.

깊은 슬픔에 빠진 우리를 위해 청학리 성지의 떡볶이를 완벽하게 재현해 내는 저 난주 씨의 늠름함을 배울 수는 없을까.

방문에 귀를 대고 유리의 기척에 주의를 기울이는 난주 씨를 서령은 바라보았다. 울부짖는 유리에게 이별의 불가피함을 말하면서 떨림 없이 근대를 다듬던 조금 전의 난주 씨를 떠올렸다.

서령은 난주 씨에게서 헤어지는 법을 보고 있는 거였다. 난주 씨는 유리를 담담하게 대했고 흔들리지 않았다. 음식 맛을 되찾을 수 있었던 것도 그 때문이었을 것이다. 슬픔을 마그마처럼 안

앉으되 난주 씨의 모습은 태산 같았다.

유리가 우는 방문으로 몇 번이나 다가가 서성거렸지만 난주 씨는 끝내 돌아서곤 했다. 돌아서는 순간순간 난주 씨는 얼마나 아플까 서령은 가늠해 보았다. 그러다가 서령은 문득 자신에게 닥쳐 있는 슬픔을 깨닫고 화들짝 놀랐다.

서령도 이륙도 말없이 청학리 떡볶이를 먹었다. 그들이 처음 만나던 날 둘이서 4인분을 먹어 치웠던 떡볶이였다.

그날처럼 먹고 또 먹었다. 그날처럼 입술에 붉은 고추장이 묻었다. 그날처럼 티슈로 닦으며 자꾸 먹었다. 매워서 눈물을 찔끔거렸던 그날처럼 눈시울을 붉혀도 괜찮을 것 같았다.

입안과 목구멍이 홧홧했다. 혀를 내밀고 숨을 몰아쉬었다. 몸이 서서히 따뜻해졌다. 정수리에 땀이 나고 콧물이 흘렀다.

슬픔으로 뻑뻑했던 가슴이 헐거워졌다. 매우면서 달콤한 고추장 맛이 위로처럼 스며들었다.

"눈물 나게 맛있어."

서령이 혀를 빼물고 말했다.

"성지의 맛이니까 더."

이륙이 말했다.

서령은 콧물을 홀쩍이며 슬쩍슬쩍 울었다.

§

유리가 방에서 나왔다.

근대를 다듬는 난주 씨 앞으로 곧장 가 멈추었다. 언제 울었냐
는 듯 입술을 앙다물고 있었다.

떡볶이 먹는 걸 멈추고 서령은 유리를 바라보았다. 이륙도 그쪽
으로 고개를 돌렸다. 유리는 눈가에 남은 눈물을 손등으로 훔쳤다.
양손을 옆구리에 찌른 채 꼿꼿하게 서서 난주 씨를 노려보았다.

근대 다듬던 손을 씻고 난주 씨가 유리를 향해 팔을 벌렸다.
유리는 꼼짝도 하지 않았다. 원망 어린 눈매를 풀지 않았다.

난주 씨가 얼른 바닥에 앉았다. 그리고 자신의 한쪽 무릎을 툭
툭 쳤다. 그러자 수신호에 잘 길들여진 강아지처럼 유리가 난주
씨 곁으로 다가가 난주 씨의 무릎을 베고 누웠다.

서령이 몇 번 본 장면이었다. 유리는 난주 씨의 무릎을 베고 콧
노래를 부르거나 희귀한 식물들의 이름을 외우거나 머잖아 입학
하게 될 학교생활의 꿈을 종알종알 얘기하던 아이였다.

서령은 마음 한쪽이 한결 편안해져서 이륙을 바라보았다. 맵고
달콤한 것과 엄마와 딸의 모습은 사람을 안온하게 한다는 생각
이 들었다.

유리는 작별을 받아들이려는 걸까?

이륙에게 묻지는 않았으나 서령과 눈이 마주치자 이륙은 고개를 끄덕였다.

"절대 헤어지는 거 없기."

유리의 목소리가 들렸다.

유리의 목소리는 명료하고 단호했으나 난주 씨의 목소리는 작고 웅웅거렸다.

"절대 없기."

유리가 난주 씨의 오른손을 끌어다 새끼손가락을 걸었다.

"절대. 알았지?"

난주 씨는 웅웅거렸다.

"절대."

유리는 난주 씨의 손을 놓지 않았다.

"도장."

그리고 엄지손가락 끝을 세워 마주 댔다.

"사인."

검지로 상대의 손바닥을 간질였다.

"복사."

난주 씨의 손바닥에다 자기 손바닥을 스쳤다.

그러고도 유리는 난주 씨의 손을 놓지 않았다. 약속, 도장, 사인, 복사를 반복하고 또 반복했다.

서령에게는 그것이 놀이처럼 보였다. 쎄쎄쎄나 실뜨기 같은 것. 반복되고 반복되자 모녀의 풍경은 점점 나른해졌다. 단호하던 유리의 목소리도 속삭임으로 바뀌었다.

저렇게 나른해지면서 유리는 이별을 받아들이고야 말겠지. 시간은 저렇게 모든 날 선 것들을 무디게 하겠지.

"있잖아……."

서령이 입을 뗐다.

"응."

이륙이 서령과 눈을 맞추었다. 떡볶이 그릇은 깨끗이 비워져 있었다.

"나……."

"말해. 뭔데?"

"받아들이기로 했어."

"받아……들인다고?"

"받아들일 거야, 무덤."

"아……."

"정말야, 받아들일래."

말하고 나서 서령은 유리와 난주 씨 쪽으로 시선을 돌렸다. 이륙의 어떤 말도 표정도 눈빛도 감당할 수 없을 것 같았다.

눈길을 피해주는 것이 이륙에게도 필요할 것 같았다. 이륙이 느낄 순간의 고통을 최소화하기 위해서라도.

유리는 난주 씨의 무릎을 베고 잠들었다.

잠든 유리의 어깨를 난주 씨는 쓰다듬고 쓰다듬었다.

유리
너는 너를 만나서 너를 살러 가는 거니까

"맞춰봐요."

난주 씨가 말했다.

유리는 엄마의 말투가 그다지 맘에 들지 않았다. 너무 가볍고 밝은 거 아닌가? 나는 날마다 한숨인데.

"힌트!"

선뜻 맞추려 나서는 사람이 없자 난주 씨가 다시 말했다. 한 손으로는 여전히 푸드 커버 손잡이를 꼭 잡은 채.

난주 씨가 직접 만든 푸드 커버였다. 알루미늄 볼 밑바닥에 구멍을 내고 까만 주전자 뚜껑 꼭지를 조여 만든 거였다. 찜이나 스튜 종류의 음식을 식탁까지 운반할 때 보온 덮개로 썼다.

이번에는 아무래도 찜이나 스튜는 아닌 것 같았다. 김이나 열기가 조금도 느껴지지 않았다. 푸드 커버는 보온용이 아닌 가림용인 셈이었다. 안에 든 음식이 무언지 맞추어보시라는 퀴즈용 푸드 커버.

애비로드 저녁 식탁에는 유리와 난주 씨와 서령 씨, 브루스와 정자 씨, 그리고 마트청년이 있었다. 밤이 지나고 나면 브루스와 정자 씨가 애비로드를 떠나기로 되어 있었다.

언제 다시 보게 될지 모를 작별 앞에서 서운함을 나누기보다는 앞날의 행운을 빌고 추억과 인연을 기껍게 여기자는 쪽으로 분위기가 흐르고 있었다.

엄마의 목소리도 그래서 가볍고 밝은 거라고 유리는 이해하기로 했다.

다 모인 자리에 이륙 씨만 보이지 않았다. 마지막 출장을 갔기 때문이었다. 왜 마지막 출장이라고 하는지 유리는 알지 못했다. 난주 씨와 정자 씨가 작은 소리로 그렇게 말하는 걸 들었을 뿐이다.

"대하 여덟 마리!"

난주 씨가 말했다. 식탁에 둘러앉은 사람들이 헛웃음을 지었다.

"대하찜!"

그날 고추밭에 없었던 마트청년만 진지하게 대답했다.

그래도 그렇지. 대하 여덟 마리라는 힌트에 대뜸 대하찜이라고 대답하다니. 저토록 순진하니 내가 삼촌을 안 좋아할 수 없어. 유리는 맞는 답일지도 모른다는 짓궂은 표정을 마트청년에게 보냈다.

"파네토네!"

브루스가 말했고 서령 씨와 정자 씨가 막 웃었다. 브루스도 웃었다. 마트청년은 그들이 웃는 이유를 알지 못했다.

"뻥!"

정자 씨가 말했다.

나머지가 또 웃었다.

그들은 퀴즈를 맞힐 의사가 전혀 없어 보였다.

"레몬, 밤……."

그러나 난주 씨는 힌트를 이어갔다. 고추밭에서 말했던 힌트와 조금도 다르지 않았다. 소라, 오징어, 무순, 오이, 홍합, 호두, 대추…….

조리법까지 말했다.

"껍질 벗긴 호두와 호두 소스 재료를 모두 믹서에 곱게 갈아 냉장고에 넣어 차갑게 한다……."

"소라와 오징어를 위한 호두 칸타타!"

서령 씨가 말했다.

"땡. 장난치지 마셈. 청주와 레몬 반을 넣고 끓인 물에 해물

을 데친 뒤 건져내서 차갑게 식히고 소라는 먹기 좋은 크기로 썬
다……."

작별을 앞둔 마지막 밤의 서운함을 달래기 위해 모두들 왁자하
게 굴었다. 서령 씨와 브루스는 틀린 답을 말하고 난주 씨는 힌트
를 고집스레 이어나갔다.

과연 브루스 부부와의 이별이 애석해서만일까. 어딘가 불유쾌
하면서도 피치 못할 기운이 저문 산등성이를 타고 시시각각 애비
로드를 향해 다가오고 있는 것은 아닌지.

어린 유리가 보기에도 어른들의 호들갑이 어쩐지 어색하고 부
자연스러웠다. 그러는 이유를 유리는 알 수 없었으나 왠지 당장이
라도 발밑으로 정체 모를 차가운 뱀이 기어들 것만 같았다. 아니
면 저문 산등성이를 타고 휘몰아쳐 온 산적 무리가 곧 현관문을
박차고 들어올 것 같았다.

어른들도 느끼는 게 아닐까. 애써 그 기운을 밀어내려고 웃는
것 아닐까. 모르는 척하려고 떠드는 것 아닐까. 차갑고 거대한 그
것이 들이닥쳐 모두 얼어붙을 것을 대비해 미리 분위기를 데워
놓으려고 이러는 건 아닐까.

어쨌거나 난주 씨의 푸드 커버 안에는 지난번처럼 파네토네 몇
조각이 들어 있거나 새파란 청개구리 한 마리가 납작 엎드려 있
을지도 모르는 일이었다.

"몰라, 아무도 몰라. 이제 공개해요."

푸드 커버 손잡이를 쥔 난주 씨의 손을 서령 씨가 우악스럽게 위로 잡아챘다.

뚜껑이 열리고 음식이 모습을 드러냈다. 그것은 커다란 게르마늄 전골 뚝배기에 가득 담겨 있었다.

"우와."

모두 탄성을 질렀다. 이름은 알 수 없었으나 한눈에 보기에도 매우 귀하고 고급스런 음식이었다. 난주 씨가 힌트로 말한 재료들이 빠짐없이 들어 있었다. 솜씨를 완벽하게 회복한 난주 씨의 음식이었다.

"뭐죠, 이게?"

정자 씨가 물었다.

"캘리포니아호두해물냉채."

난주 씨가 대답했다.

"이름이 뻥 같은데. 막 지어낸 것 같아."

서령 씨가 말했다.

"전별채에요."

난주 씨가 브루스를 보며 말했다.

"전……별?"

브루스가 물었고 난주 씨가 대답했다.

"전별이라는 건 떠나는 사람에게 음식으로 작별 인사를 고하는 거예요. 캘리포니아호두해물냉채가 오늘의 전별채입니다."

"오."

잠시 분위기가 숙연해졌다. 갑자기 내일이 반 발짝 앞으로 닥쳐와 있는 것 같았다.

"나는 지지리 파병국 복도 없어서 한국전에 투입되었다고 징징 짰던 스물두 살의 겁쟁이였어요."

브루스가 말했다.

"그러나 이렇게 애비로드에 오고 맛있는 음식을 먹고 좋은 친구들 생기게 된 걸 보니 한국 복이 터진 것 같아요. 무엇보다 내 생애에 중자를 만났으니 이보다 더한 한국 복은 없겠지요. 여러분 고맙습니다. 죄송합니다. 강원도에 죄를 지었어요. 잊지 않겠습니다. 사랑해요. 나의 복, 중자."

브루스가 정자 씨를 그윽이 바라보았다.

"브루스, 이게 무언지 아시겠어요?"

난주 씨가 캘리포니아호두해물냉채를 가리켰다. 무순과 오이 사이에 있는 푸른 채소를 가리켰다.

"맙소사, 파드득?"

"맞아요. 특별히 넣었어요."

"날 울리지 말아요, 난주 씨."

브루스의 눈가가 촉촉해졌다.

"조껍데기 막걸리도 필요해요?"

서령 씨가 말했다.

"다들 이러면 내일 못 떠날지도 몰라요."

정자 씨가 말했다.

저쪽에서 마트청년이 기타 줄을 튕겼다. 청년의 한 손에는 기타
가 다른 한 손에는 막걸리가 들었음직한 호리병이 쥐어져 있었다.

§

유리가 숲책을 가지고 나와 읽었다.

"나물에서 파드득 소리가 난다고 한다. 그러나 아무리 귀를 대
보아도 파드득 소리는 안 난다. 입맛이 파드득 살아나서 정신도
파드득 드는 나물이라고 엄마가 말했다."

그리고 숲책을 펴서 파드득나물꽃을 보여주었다.

"꽃이 이쁘네."

서령 씨가 캘리포니아호두해물냉채에서 소라를 집어먹으며 말
했다.

"확대해서 찍어서 꽃이 커 보여요. 진짜는 조껍데기 막걸리 만
드는 좁쌀만 해요."

198

유리가 말했다.

서령 씨와 정자 씨는 캘리포니아호두해물냉채에 폭 빠져 있었다. 브루스는 조껍데기 막걸리를 핥듯이 마시고 인상을 찡그리고, 다시 살짝 마시고 인상을 찡그렸다. 그러나 마시는 걸 멈추지 않았다.

마트청년은 캘리포니아호두해물냉채도 안 먹고 조껍데기 막걸리도 안 마셨다. 벽난로 옆에 앉아서 이따금씩 게으르게 기타 줄을 팅팅 튕겼다.

"이게 꽝꽝나무예요. 퀴즈!"

유리가 숲책의 다른 페이지를 펼쳐 보이며 말했다.

"퀴즈? 그 엄마에 그 딸 아니랄까 봐."

서령 씨가 말했다. 난주 씨가 웃었다.

난주 씨는 멧돼지처럼 크고 못생긴 빵을 통째로 내왔다.

"근처 스키 리조트 주방에서 장작 때서 만든 특제 캉파뉴예요. 이걸 손으로 뜯어서 해물냉채를 얹어 먹으면……네……그담에는 책임 못 져요."

"우리 언니 겁주네."

서령 씨가 얼른 캉파뉴를 끌어안으며 말했다.

"이게 꽝꽝나문데요. 이름이 왜 꽝꽝나무게요?"

유리가 물었다.

"모르지."

정자 씨가 얼른 말했다. 정자 씨도 해물냉채와 빵에 빠져 있었다. 브루스가 통역해 달라고 했다. 정자 씨가 통역했고 브루스도 고개를 가로저었다.

"궁금해 죽겠어, 유리 씨."

서령 씨가 빵을 입에 넣으며 말했다.

"불에 넣으면 꽝꽝 소리를 내며 타서 꽝꽝나무예요."

"정말?"

"정말 그래요."

"그렇다고 쳐."

"그렇다니까요."

"알았어. 그래."

마트청년이 유리를 바라보며 빙긋 웃었다.

"이건 때죽나문데요. 왜 때죽나무게요?"

유리가 다른 나무를 펼쳐 보였다.

"탈 때 때죽때죽 그러나?"

서령 씨는 빵과 해물냉채에 정신이 팔려 있었다.

"이 나무 이파리를 비벼서 물에 넣으면 고기가 떼로 죽어 떠올라요. 그래서 때죽나무."

"치이."

"정말이에요."

"그렇다고 쳐."

그때 폭발음이 들렸다. 느닷없는 소리에 서령 씨와 정자 씨가 비명을 질렀다. 브루스도 강아지처럼 놀라 두리번두리번 소리 난 곳을 찾았다.

장작 불빛이 새어 나오는 벽난로가 소리의 진원지였다. 마트청년이 빙글빙글 웃었다. 벽난로에서 다시 꽝꽝거리는 폭발음이 들렸다.

서령 씨와 정자 씨는 뒤늦게 소리의 정체를 알아차렸다. 그러고도 쉽게 안정을 되찾지 못했다. 애비로드는 잠깐 적막에 휩싸였다. 꽝꽝 때문에 그사이 현관문이 열렸다가 닫혔다는 사실을 누구도 알아차리지 못했다.

§

"어서 와, 오랜만이야."

가라앉은 난주 씨의 음성이 애비로드의 적막을 흔들었다. 브루스와 정자 씨와 서령 씨도 폭발음 공황에서 차례로 깨어났다. 그리고 그들 앞에 서 있는 낯선 사람을 보았다.

한눈에 보아도 아주 먼 곳에서 온 사람이었다. 플라워 프린트

된 청색 재킷과 플리츠스커트, 그리고 진주 장식의 새까만 샌들. 멋지지만 어둡고, 어둡지만 멋진 기운의 여인이, 방금 배달된 청동작품인 양 현관의 스테인드글라스를 등진 채 단단하고 꼿꼿하게 빛나고 있었다.

이것이었나. 어딘가 언짢으면서도 피할 수 없는 기운 같았던 것. 서늘한 움직임 같았던 것. 저문 산등성이를 타고 시시각각 다가오는 듯했던 것.

유리는 숲책을 꼭 움켜쥐었다. 벽난로에서 한 번 더 쾅 소리가 터져 나왔다. 그 소리에도 애비로드 안의 모든 것들은 꼼짝도 하지 않았다.

그 무엇도 사물처럼 멈춰버린 사람들을 어찌하지 못했다. 두 사람만 빼고. 오직 난주 씨와 방금 홀연히 나타난 여인만 조금씩 움직이기 시작했다.

어떤 장애물도 스미듯 통과하는 유령처럼 두 사람은 서로를 향해 움직였다.

"소리예요."

난주 씨가 다가가 말했고 소리가 고개를 숙여 인사했다.

소리.

유리는 처음 듣는 그 이름을 입속으로 굴려보았다.

어쩌면 어른들 사이에서 은밀히 말해지던 이름일지도 몰랐다.

입에서 입으로 전해졌을 이름. 처음 듣는 이름이지만 유리에게도 낯설지 않은 이름.

난주 씨는 애비로드의 모든 사람들에게 소리를 소개했다. 앞앞이 그랬다. 브루스 앞에 왔을 때 브루스는 만나서 반갑습니다, 라고 말했다. 정자 씨는 어서 와요, 서령 씨는 처음 뵙겠습니다, 라고 말했다.

마트청년 앞에 이르자 유령을 피하기라도 하듯 청년은 엉거주춤 일어나 몸을 외로 틀었다.

"고맙습니다."

소리가 말했다.

"아, 예……."

청년은 말을 잇지 못했다.

다음은 유리 차례였다. 유리는 무엇으로도 난주 씨와 소리의 접근을 막을 수 없을 것 같았다. 두 팔을 내저어 저지해도 소리는 개의치 않고 유리의 몸으로 날아와 들러붙을 것 같았다. 노랫소리처럼.

그런 사태를 막기 위해 뒤로 물러나는 수밖에 없었다. 그런 생각이 들기도 전에 유리의 몸이 먼저 한 걸음 뒤로 움직였다.

소리는 유리의 반응에 민감했다. 움직임을 멈추고 소리는 유리를 한참 바라보았다.

그러다,

"유리야."

하고 작은 목소리로 불렀다.

유리는 대답하지도 물러나지도 않았다. 작은 말뚝처럼 서 있었다. 두 사람은 두 발짝의 거리를 두고 호흡했다.

둘은 한동안 가만히 있었다. 잦아든 불빛이 벽난로에서 조용히 새어 나왔다. 애비로드는 또 얼마간 침묵에 싸였다.

그러다 소리가 천천히 뒤돌아섰다. 그리고 사람들을 향해 말했다.

"저 때문에 분위기가 가라앉은 것 같네요. 죄송해요. 내일 로우 씨 부부가 돌아가는 날이라고 들었습니다. 두 분을 위한 자리인 것 같으니 저도 오늘의 송별 모임에 조용히 동참하도록 하겠습니다."

자신이 주인공이 되기에는 아직은 여러 가지로 이른 시점이라는 걸 소리도 아는 것 같았다. 소리는 한숨 돌리려는 것 같았다.

그러는 편이 낫겠다고 유리도 생각했다. 낯설어하는 어린 딸을 여러 사람 앞에서 와락 부둥켜안거나, 안으려는 엄마를 거부하며 앙앙 울어버리는 장면은 생각하기도 싫었다.

유리는 새삼 애비로드 엄마의 오래고 빈틈없는 준비에 놀랐다. 꿈속에다가 또다른 어른 나를 꿈결처럼 심어놓은 것. 또다른 나가 실은 노래하는 친모였다는 것. 나와 친모가 꿈속에서 소소한

경험들을 나누며 둘이 아닌 하나로 6년의 세월을 살아가게 했다는 것.

그리고 오늘 저녁이 스산해질 것을 알고 미리 애비로드의 분위기를 따뜻하게 데워놓은 것. 민망해질지도 모를 장면을 피하기 위해 모녀의 만남을 가장 나중 순서로 잡은 것과 같은 준비가 그랬다.

무엇이 그토록 난주 씨의 욕심과 감정을 버리게 했을까.

이제 다시 멧돼지 캉파뉴에 캘리포니아호두해물냉채를 얹던 분위기로 돌아갈 차례였다. 그러나 사람이 만드는 분위기란 채널을 돌리듯 바뀌는 게 아니었다.

이전의 분위기로 선뜻 되돌아가지지 않아 어딘가 싫고 어색해진 공기. 그것이 애비로드의 실내를 속절없이 떠돌고 있을 때 정자 씨가 오디오 앰프의 전원을 켜고 슬쩍 라디오 주파수를 찾아 맞추었다.

이건 정자 씨만의 준비였을까.

손가락 비브라토가 강한 바이올린 곡이 끝나자 너무도 익숙해서 오히려 믿기 힘든 사람의 음성이 라디오에서 흘러나오기 시작했다.

─안녕하세요. 애비로드 가족 여러분.

이륙 씨의 들뜬 음성이었다.

—저는 지금 KBS 원주 방송국에 나와 있습니다. 조금은 특별한 작별의 추억을 만들기 위해 이곳에 나왔습니다. 67년 만에 한국을 다시 찾은 브루스 씨와 그의 아름다운 아내 정자 씨가 내일이면 미국으로 돌아가는데요, 애비로드 식구는 물론 원주 횡성평창 영월에 사시는 모든 분들과 석별의 정을 나누고 싶었습니다. 저는 길거리 아나운서라는 특수한 직업을 가진 이륙이라는 사람입니다. 방송국 아나운스먼트는 처음이라서 떨립니다.

가장 놀란 것은 서령 씨였다. 너무 놀라 입이 딱 벌어졌는데 다물어지지 않아 두 손으로 가렸다.

—브루스 씨는 한국전쟁에 참전했던 분인데요, 특별히 강원도를 잊지 않고 다시 찾아주셨습니다. 그리고 강원도민 여러분에게 사죄의 말씀을 꼭 드려달라고 저에게 간곡히 부탁하셨습니다.

이륙 씨의 목소리는 안정을 찾았다. 브루스가 강원도민에게 하려는 사죄의 내용과 까닭을 차분하게 전하기 시작했다. 방송을 통해 듣는 이륙 씨의 음성이 평소에 직접 듣던 것보다 이백 배는 좋은 것 같다고 유리는 생각했다.

서령 씨는 입에서 손을 떼지 못한 채 주위를 둘러보았다. 정자 씨는 노련한 디제이처럼 앰프 앞에 앉아 있었고 난주 씨는 창문 밖 도라지밭을 바라보았다. 브루스는 조용히 고개를 끄덕였다. 마트청년은 기타를 보듬어 안고 눈을 감았다.

모두 무심한 표정이었다. 저 시침 떼는 표정들이 사전 모의의 증거라고 서령 씨는 확신하는 것 같았다. 자기만 쏙 빼놓고 이류 씨와 모두 한패가 되어 짠 거라고.

하지만 서령 씨가 얼마나 고대했던 이류 씨의 방송 출연이란 말인가. 그건 유리도 너무 잘 아는 사실이었다.

영문을 모르는 것은 소리뿐이었다. 그녀는 애써 상황을 알려고도 하지 않았다. 1인용 패브릭 의자에 다소곳이 앉아 있었다.

유리는 슬쩍슬쩍 그녀를 바라보았다. 꿈인지 기억인지 알 수 없었던 환상 속의 어른 유리가 몇 발짝 앞에 앉아 있었다. 의자 팔걸이에 뾰족한 팔꿈치를 괴고 어깨를 살짝 왼쪽으로 기울인 채. 환상 속의 자신과 너무 똑같아서 숨이 막힐 것 같았다. 유리의 놀란 가슴이 좀처럼 가라앉지 않았다.

이류 씨가 라디오에서 말하는 브루스의 이야기는 이미 들어 알게 된 사실이었으나 방송을 통해 들으니 처음 들었을 때처럼 또다시 가슴이 먹먹해졌다. 유리는 브루스를 바라보았다. 정들었던 브루스.

브루스의 사죄의 말을 이류 씨는 진심을 다해 대신 전했다. 그리고 부디 잘 돌아가시라는 인사의 말을 브루스 부부에게 마지막으로 남겼다. 부디 건강하고 행복하시라고. 언제든 어디에서든 또 만나자고.

곧이어 서령이라는 이름이 전파를 탔다.

─제가 방송에 출연하는 것을 보고 싶어 했던 나의 사랑하는 아내 서령 씨에게도 남기고 싶은 말이 있습니다.

라디오를 통해 자신의 이름을 듣게 된 서령 씨는 눈알이 떨어질 것처럼 눈을 크게 떴다.

─서령 씨, 나야. 당신 남편 이류. 이건, 음, 당신한테 처음 하는 말인데, 당신 어깨에서는 그 어디서도 다시 맡은 수 없는 향기가 나. 그게 어떤 향기냐면, 내가 어릴 적 어머니 무릎에서 맡던 향기야. 어머니는 어린 나를 늘 당신의 무릎에 뉘시고 빨래를 개거나 뜨개질을 하셨지. 애비로드의 유리가 그러는 것처럼 어머니의 무릎이 아니고는 잠들 수 없는 아이였어. 아, 어머니가 좀 더 오래 사셨다면 아름다운 당신을 보고 무지 기뻐하셨을 텐데.

서령 씨의 입에서 살짝 가느다란 비명이 흘러나오는가 싶었지만 이류 씨의 목소리가 묻힐까 봐 꿀꺽 삼켜버린 것 같았다.

서령 씨와는 너무도 대조적인 모습의 소리를 유리는 가만히 지켜보았다. 꿈꿔왔던 자신의 모습. 재림이나 현현이라는 말을 알지는 못했으나 유리의 작은 가슴에 스치는 느낌은 그와 다를 것이 없었다.

─그런 어머니를 일곱 살도 되기 전에 잃었어. 그러니 어머니의 냄새도 잊고 어언 30년이 지났지. 그러다 청학리 떡볶이집에서 기

적처럼 다시 떠올린 거야. 매운 떡볶이를 먹고 살짝 땀 흘리던 아름다운 당신에게서. 그 향기를, 당신을 만난 것이 꿈이려니 생각했어.

서령 씨는 그때까지도 제대로 눈치채지 못하는 것 같았다. 이륙 씨의 방송 출연이 브루스 부부를 위해서라기보다는 서령 씨를 위해서라는 것을.

이륙 씨가 방송에 나올 거라는 사실을 몰랐던 사람은 조금 전 먼 데서 도착한 소리를 빼면 서령 씨 한 명뿐이었다. 나머지는 다 알고 있었다. 유리도 방금 어른들이 말했던 마지막 출장이라는 말의 의미를 이해했다. 이륙 씨의 마지막 출장 장소가 방송국이었던 것.

모르는 척 능청을 떨고 있었으나 물론 브루스도 알고 있었다. 만일 이륙 씨의 라디오 출연이 브루스 부부를 위한 깜짝 이벤트였다면 브루스와 정자 씨가 몰라야 했던 거였다.

이륙 씨가 방송에 나온 것만으로도 서령 씨에겐 놀라운 일이었다. 게다가 자신의 이름까지 전파를 타고 유유히 흐르고 있지 않은가. 정신없을 만했다.

―그 꿈은 깨지 않고 오늘까지 이어졌어. 꿈이라면 죽는 날까지 깨지 않을 거야. 나는 그것을 확신해. 서령 씨. 서령아. 너무 예뻐서 고마워. 나에게 와주어서 고마워. 어떤 다른 세상에도 당신

같은 여자는 없을 거야.

어떤 다른 세상에도……. 이 말에서 서령 씨가 흐느낌을 토해 냈다. 그리고 얼른 입을 앙다물어 고통스레 흐느낌을 삼켰다. 소리가 서령 씨를 건너다보았다.

―방송에 출연할 계기를 준 브루스 씨 부부와 나의 서령 씨에게 감사한 마음을 전합니다.

이륙 씨는 유리를 향한 당부도 잊지 않았다.

―유리야. 너도 엄마 무릎 많이 베고 잤던 거 기억하지? 어딜 가든 애비로드 엄마의 무릎을 잊을 수 없을 거야. 잊지 마.

§

브루스가 마트청년에게 눈짓했다.

무언가를 오래 벼르고 기다린 듯 청년은 자리를 털고 일어섰다. 청년은 오랫동안 벽난로 곁에 앉아 있었다. 어떤 순간만을 기다리는 것처럼.

지금이 그때라는 듯 청년은 일어서서 어깨에 기타를 뗐다. 난주 씨가 아까만큼 캘리포니아호두해물냉채를 식탁으로 옮겼다. 그 크던 캉파뉴가 어느새 삼분의 일밖에 남아 있지 않았다.

청년이 일어서서 기타를 어깨에 뗐다는 것은 노래를 부르겠다는 거였다. 그가 가장 잘하는 거였고 그가 가장 하고 싶어 하는 거였다.

그가 어떤 노래를 부를지 유리는 알고 있었다. 브루스가 묘지 꽃 정원에서 청년한테 미리 부탁해 두었던 노래였다. 노래 부를 채비하는 청년을 바라보며 브루스는 조껍데기 막걸리를 홀짝거렸다.

이틀 전에도 유리와 청년은 꽃 정원에서 노래를 했다. 늘 그랬듯 한 곡씩 번갈아 주고받으며 두 차례 부르고 났을 때였다. 브루스와 정자 씨가 홀연 꽃 정원에 나타났다.

노랫소리를 듣고 온 거라고 생각했으나 아니었다. 유리와 청년이 그곳에 없었어도 그들은 묘지를 찾을 생각이었던 모양이었다. 정성스레 준비한 꽃다발을 보고 알았다.

브루스는 지나치다 싶을 만큼 커다란 꽃다발을 안고 있었다. 묘지까지 오느라 힘들었을 텐데도 브루스는 정자 씨에게 맡기지 않고 꽃다발을 손수 들고 왔다.

엮는 데 두어 시간은 걸렸을 꽃다발이었다. 크기도 크기였으나 무척 다양한 꽃들로 엮여 있었다. 구절초, 어수리, 금강초롱, 벌개미취, 수레국화, 구릿대, 기생초, 분홍바늘꽃, 산비장이, 며느리밥풀꽃, 꽃향유가 있었다.

그 정도 꽃다발을 묶으려면 웬만큼 넓은 지역을 헤매지 않고서는 불가능하다는 걸 유리는 잘 알았다. 브루스는 커다랗고 화려한 꽃다발을 묘지 앞에 공손히 내려놓았다.

"이 사람은 그 사람이 아니라니까, 브루스."

정자 씨가 말했다.

"전쟁 중 총에 맞은 젊은 부인이라잖아."

브루스가 말했다.

유리와 청년은 노래를 멈추고 두 사람을 바라보았다.

"당신이 쏜 사람이 아니야."

"누가 쏘았든……. 나도 쏜 사람 중 하나야."

"그렇게 죽은 사람이 많고, 그래서 이런 무덤도 많다잖아."

"무덤이라도 남아 있으니 이럴 수 있는 거야, 중자."

"알겠어요……그래, 응."

"고마워, 중자."

"너무 상심하지는 마, 브루스."

두 사람은 오랫동안 무덤 앞에서 고개를 숙이고 있었다. 산들바람이 불었고 잠자리를 채가려는 새들이 이쪽 숲에서 저쪽 숲으로 낮게 날았다. 잠자리 꼬랑지가 점점 붉어지고 있었다.

고개를 든 브루스가 마트청년에게 말했다.

"내 부탁 하나 들어주오."

한국을 떠나기 전날 노래 한 곡 불러달라는 거였다.

그런 거라면 백 곡도 할 수 있다고 청년이 호기를 부렸다. 그러자 브루스가 말했다.

"한 곡이면 되오."

그 노래를 부르려고 청년이 일어선 거였다.

벽난로에는 더 이상 불꽃이 일지 않았다. 연기 없이 알불만 야울거렸다.

—천국은 없다고 생각해 봐요.

청년이 노래하기 시작했다.

—국경도 없다고 해봐요. 죽고 죽일 일도 없고.

비틀스 멤버 존 레논의 노래였다.

—탐욕과 궁핍도 없고. 모든 사람들이 평화롭게 살아가는 세상을 생각해 봐요…….

'이매진(Imagine)'으로 시작되는 가사들이 이어졌다.

"그날 들었던 노래야, 브루스."

정자 씨가 속삭이듯 말했다.

"응. 그날."

브루스도 작은 소리로 말했다.

"당신을 만난 스트로베리 필즈에서."

"우린 거기서 만났어."

"당신은 벤치에 거의 쓰러져 있었지."

"존 레논도 근처에서 총에 맞아 쓰러졌어."

"응. 저 노래를 만든 사람이야."

"그랬지."

두 사람의 말을 유리는 알아들을 수 없었다. 작은 소리였고 영어였다.

청년의 노래를 들으면서 유리는 소리를 자꾸만 바라보았다. 유리 안에 있던, 유리 안에 살던 어른 유리. 그녀가 유리에게서 빠져나와 저 앞에 따로 앉아 있는데도 유리의 환상은 좀처럼 깨지지 않았다.

이 모든 게 애비로드 엄마의 계획이었다니. 언제 생모와 마주치든 낯설지 않게 하려고 치밀하게 준비해 온 거였다니. 오랜 세월 고집스레 완성해 온 작품이었다니. 유리는 애비로드 엄마가 원망스럽고 무섭고 고마워 눈물이 나려 했다.

유리는 난주 씨를 바라보았다. 유리가 친모에게 돌아갈 날을 위해 모질게도 꼼꼼하게 준비해 온 난주 씨. 그리고 유리를 데려갈 친모가 지금 몇 걸음 앞에 앉아 있는 거였다.

난주 씨는 여전히 창밖에 시선을 던져두고 있었다. 그녀가 오래 준비해 왔던 결정적 순간이 청년의 노래와 함께 지금 눈앞에 펼쳐지는데 본인은 고개를 돌려 창밖의 도라지밭만 바라보았다.

―지옥은 없고 푸른 하늘만 있죠.

─모든 사람들이 오늘을 위해 사는 세상을 생각해 봐요.

청년의 노래는 애비로드 안을 맑게 떠돌았다.

너는 너를 만나서 너를 살려 가는 거니까. 난주 씨가 유리한테 한 말이었다. 난주 씨의 말을 유리는 개엉터리라고 했다.

그러나 눈앞에 나타난 어른 자기를 실제로 맞닥뜨린 순간 유리는 난주 씨의 말이 남김없이 이해됐다. 난주 씨가 예상하고 계획하고 준비한 결말이 다가오는 것 같았다.

내가 나를 받아들이듯, 자기가 자기를 받아들이듯, 유리는 소리를 받아들일 것 같았다. 그렇게 기우는 마음이 싫고, 화나고, 겁이 났다.

싫고 화나는 마음이 기우는 마음을 끝내 이길 수 없을 것 같았기 때문이었다. 그리되도록 키워졌다는 것을 유리는 깨닫고 있었다.

싫고 화나는 마음은 당장의 것이고, 소리를 거부할 수 없도록 키워진 것은 6년이었다. 거부할 수 없게 키워졌다는 것 때문에 유리는 겁이 났고 애비로드 엄마가 무섭고 원망스러웠다. 유리는 소리와 난주 씨를 번갈아 바라보았다.

"애비로드 친구들을 평생 잊지 못할 거예요."

청년의 노래가 끝나자 브루스가 말했다.

"내일이면 나는 떠나겠지만, 내가 사놓은 물푸레나무가 이곳에 있어요. 그것을 나라고 생각할게요. 이곳에 남은 나. 또 다른 내가 꽃 정원 옆 물푸레나무로 언제까지고 서 있는 거죠. 그곳에서 여러분과 한국의 계절을 함께할 겁니다."

"우리도 브루스와 정자 씨 덕분에 행복했어요."

난주 씨가 천천히 박수를 쳤다.

소리도 따라 말없이 손뼉을 쳤다.

서령 씨는 휴대전화를 귀에 대고 빠르게 속삭이는 중이었다.

"어디쯤이야? 빨리 와. 보고 싶어."

속삭였지만 다 들렸다. 서령 씨는 서둘러 늦은 박수를 쳤다. 유리가 귀여운 박수를 보냈다. 정자 씨와 브루스가 마주 보며 웃었다.

"여러분과 유리 어머니께 뭐라 감사의 말씀을 드려야 할지 모르겠습니다."

박수가 잦아들 즈음 소리가 자리에서 일어서며 말했다.

"무례하고 염치없는 제가 과연 여러분의 양해를 구할 자격이 있을까요."

좌중이 숙연해졌다.

"감사하고 죄송스럽고 부끄러워 얼굴을 들 수 없을 뿐입니다. 저의 지난 세월을 모두 말씀드릴 수는 없겠지만……."

소리가 갑자기 하던 말을 멈추었다. 무언가 북받쳐 말을 막은 것 같았다. 유리는 소리의 어두운 얼굴을 바라보았다.

한동안 적막이 흘렀다.

어색하게 계속되는 적막을 흔들려는 듯 마트청년이 기타 줄을 쓰다듬었다. 기타 줄에서 가을 곤충 소리가 났다.

"아무래도 저는……."

소리가 말했다.

"말보다는 노래로 감정을 전하는 사람이다 보니 말이 부족합니다. 파두가 아니고서는 사랑할 줄도 말할 줄도 모르게 되었습니다."

소리의 목소리는 어느새 차분히 가라앉아 있었다. 너무 깊게 가라앉아 서늘했다.

"죄송합니다만, 주체할 수 없는 후회와 기쁨을 울어버려도 될까요? 귀에 거슬리더라도 울게 내버려둬 주시겠습니까? 그래야 맘껏 허심탄회해질 수 있을 것 같아서요."

서령 씨가 먼저 입가에 미소를 지어 보였다. 이류 씨의 방송을 듣던 중 잠깐 흐느꼈던 서령 씨였다. 서령 씨는 잘 우는 사람이었다.

다른 사람들도 말없이 고개를 끄덕였다. 좌중을 한 바퀴 둘러본 소리가 마침내 입을 열어 울기 시작했다.

아. 브루스가 낮게 탄성을 질렀다. 정자 씨도 서령 씨도 흠칫 놀랐다. 난주 씨가 소리 쪽으로 눈길을 돌렸다. 유리는 아까부터 빨려들 듯 소리를 바라보던 중이었다.

소리의 입에서 흘러나온 것은 노래였다. 흐느끼는 노래. 마이크나 스피커, 음반이나 파일 등의 매질을 통하지 않고 들려오는 파디스타의 목소리. 듣는 사람의 피부를 파드득 깨어나게 하는.

부르는 사람과 듣는 사람 사이에 공기를 제외한 그 어떤 장애물도 없는, 심지어 감정이 개입할 여지마저 깨끗이 없애는 노래.

그런 울음이 계속되었다. 식탁과 의자, 그릇과 술병, 그림 액자와 거울 같은 사물마저 경청하지 않을 수 없게 하는 소리의 노래.

그러니 어찌 마트청년의 기타가 공명하지 않을 수 있을까. 더구나 소리의 노래는 수십 번도 넘게 반주했던 곡이 아니던가. 유리가 즐겨 부르던 노래가 아니던가.

―아, 이 무슨 운명이며 저주인가. 우리로 하여금 이토록 헤어져 방황케 하는가…….

기타를 쥔 청년의 손이 움직이기 시작했다. 반주는 노래에 기름을 부었다.

―침묵하는 두 울부짖음인가, 엇갈린 두 운명인가, 하나 될 수 없는 두 연인인가…….

유리의 입술이 달싹거렸다. 친모의 것인 줄 알고 무덤에 꽃을 가꾸며 부르던 노래였다. 잠꼬대로 불러도 틀리지 않을 곡이었다.

그러나 따라 부를 수 없었다. 유리는 맘속으로 소리의 노래를 짚어나갔다.

—저는 그대로 인해 고통받으며 죽어갑니다. 그대를 만나지도 이해하지도 못한 채…….

노래를 듣고 속으로 따라 짚으면서도 유리는 소리 엄마와 하나가 되려는 자신을 경계했다. 여기는 애비로드며, 6년을 키워준 엄마가 저기 있으며, 소리라는 사람은 오늘 조금 전에야 멀리서 당도한 사람이지 않은가.

그러나 〈말디카오(Maldicao)〉라면 유리가 몇 년째 불러오는 노래였다. 경계한다고 참아지거나 억눌릴 파두가 아니었다. 유리의 몸 안에서는 이미 싱크로율 백 퍼센트의 선율이 흐르고 있었다.

달싹거리기만 하던 유리의 입술이 자기도 모르는 사이에 가락을 타기 시작했다. 유리의 입술 움직임을 난주 씨가 놓칠 리 없었다.

현관문이 조용히 열렸고 이류 씨가 모습을 나타냈다.

쉿! 서령 씨가 입술에 손가락을 가져다 댔다. 이류 씨는 분위기를 흩뜨리지 않으려고 도둑 걸음으로 서령 씨 곁으로 다가갔다. 둘은 가만히 얼싸안았다.

소리의 노래는 그치지 않았다. 밑바닥부터 끓어오르는 파두 특유의 멜리스마가 애비로드의 공기를 뒤흔들었다.

유리는 소리에게서 눈을 떼지 못했다. 여전히 목소리는 내지 않고 있었으나 입술 움직임은 소리의 것과 정확히 일치했다.

그것을 바라보던 난주 씨가 가만히 몸을 틀어 움직였다. 서령 부부는 서로를 보고 있었고, 유리의 눈은 소리에게 박혀 있었다.

난주 씨의 소회는 어떨까. 아무도 묻지 않았고 물을 수도 없었다. 다만 브루스 곁에 있던 정자 씨가 슬며시 일어났다. 그리고 난주 씨가 향하는 곳을 바라보았다.

정자
옆에 앉아 있어 주는 것

난주 씨는 주방 곁문을 열고 소리 없이 밖으로 나갔다. 정자는 소리의 노래를 방해하지 않으면서 주방 쪽으로 느리게 걸어갔다.

주방 창밖은 이미 충분히 어두워져 있었다. 앞산의 검은 잔등 위로 푸른 잉크를 푼 듯한 하늘이 몇 개의 별을 품고 있었다. 정자도 주방 곁문을 열고 밖으로 나갔다.

곁문을 닫자 소리의 노래가 바다 건너에서 들려오는 것처럼 아득해졌다.

느릅나무 옆 외등 불빛이 난주 씨의 정수리에 떨어져 내렸다. 정자는 몇 발짝 거리를 두고 난주 씨 뒤에 섰다. 도라지꽃은 거의

다 지고 열 손가락으로 겨우 셀 수 있을 정도의 작은 통꽃이 듬성듬성 남아 있었다.

정자는 난주 씨 어깨 너머로 어두운 도라지밭을 바라보았다. 꽃잎은 지고, 마르고, 떨어져, 대개는 이미 씨방이 부풀어 있었다. 정자가 애비로드에 막 도착했을 때만 해도 오후의 역광을 받은 도라지꽃들이 결혼식장의 장식 전구처럼 빛났었다.

이곳에 오래 있었구나, 생각하며 정자는 난주 씨가 서 있는 느릅나무로 쪽으로 천천히 걸음을 옮겼다. 오래 있었고 많은 일들이 있었어…….

그럴 수밖에 없었다. 계획된 일정은 아니었지만 오래 머물 수밖에 없게 하는, 엄연한 무언가가, 강력하게 작동했던 거라고 정자는 생각했다. 그래서 그럴 수밖에 없었노라고.

11월의 일곱 날째 밤이었다. 외등 불빛의 끝자락에서 아직 지지 못하고 희미하게 빛나는 도라지꽃은 누구의 미련일까. 정자는 한 발짝 더 난주 씨에게 다가갔다. 난주 씨의 작은 목소리가 들렸다.

"백구야……."

도라지밭의 적막을 향해 부른 이름은 난주 씨에게서 미처 다 빠져나오지 못하고 깊은 물에 가라앉듯 잠겨버렸다.

더는 난주 씨에게서 아무 소리도 들리지 않았다. 그렇게 한 차례 지나가고 만 백구의 이름 뒤로, 아주 먼 나라에서 들려오는 듯

한 소리의 노래가 아득히 이어졌다.

내일이면 나는 난주 씨의 애비로드를 떠난다. 유리도 곧 난주 씨의 애비로드를 떠나겠지. 난주 씨와 유리. 그 둘 사이에서 아무 것도 해줄 수 없는 자신을 생각하고 정자는 한숨을 지었다.

"저기 같이 앉아요."

정자가 느릅나무 밑 등받이 없는 벤치를 가리키며 말했다. 난주 씨 눈에 물기가 어리는 것을 정자는 놓치지 않았다. 난주 씨와 나란히 앉아 있어 주는 것. 그녀를 위해 해줄 수 있는 일이란 그뿐이었다.

난주 씨는 정자 옆에 앉기를 망설였다. 정자는 그 이유를 알 것 같았다. 앉으면 무언가 터져 나올 것만 같겠지. 정자는 말없이 앉아 어둠에 쌓인 도라지밭을 바라보았다.

한동안 더 머뭇거리던 난주 씨가 정자 옆으로 왔고 벤치에 앉았다. 나란히 앉아서 난주 씨는 정자와 같은 방향을 바라보았다. 느릅나무 옆 외등이 두 사람의 등을 비추었다. 동갑내기인 그들은 어깨의 높이도 같았다.

두 사람의 나란한 등을 누군가 보고 있다는 사실을 정자도 난주 씨도 몰랐다. 주방 창문 안에 사흘 뒤면 여섯 살이 되는 유리의 자그마한 얼굴이 있었다. 말똥말똥한 눈으로 창밖의 두 사람을, 그중 한 사람의 어깨가 유난히 출렁거리는 것을 유리는 오도

카니 내다보았다.

깊은 구천을 떠돌다 들판의 푸른 안개처럼 피어오르던 소리의
긴 노래도 막 끝나가고 있었다.

'강원도 양구군 해안면 이현리의 현재 DMZ에 포함된 구역에 해당함…….'

한국전쟁 당시 브루스가 고립되었던 지역에 대한 미 국방부의 공식 답변이 그러했다고 브루스가 전해왔다. 브루스의 편지를 정자 씨가 번역해 보낸 거였다.

브루스는 물푸레나무 값으로 이륙 씨에게 5천 달러를 편지와 함께 보내왔는데 돈 받을 이륙 씨는 세상에 없었다.

서령 씨는 난주 씨와 함께 애비로드에 살고 있다. 난주 씨에게 '이것은 찬장' 레시피를 제대로 배우는 중이다.

유리는 파두의 도시 코임브라에 안착했고 바칼라우가 되게 맛있다며 난주 씨와 호들갑스레 통화를 하다가 애비로드 엄마가 보고 싶다며 찡찡거린다.

* 본문 인용 작품 출처

79~80쪽, 82쪽
기형도,「빈 집」,『입 속의 검은 잎』, 문학과지성사, 1989, 77쪽

옆에 앉아서 좀 울어도 돼요?

1판 1쇄 발행 2021년 5월 25일

지은이 | 구효서
펴낸이 | 송영석

주간 | 이혜진
기획편집 | 박신애 · 심슬기
외서기획편집 | 정혜경 · 송하린 · 양한나
디자인 | 박윤정 · 기경란
마케팅 | 이종우 · 김유종 · 한승민
관리 | 송우석 · 황규성 · 전지연 · 채경민

펴낸곳 | (株)해냄출판사
등록번호 | 제10-229호
등록일자 | 1988년 5월 11일(설립일자 | 1983년 6월 24일)

04042 서울시 마포구 잔다리로 30 해냄빌딩 5 · 6층
대표전화 | 326-1600 **팩스** | 326-1624
홈페이지 | www.hainaim.com

ISBN 979-11-6714-002-9